AF139272

Über den Autor:

Sandro Hübner, wurde 1991 in Görlitz geboren. Besuchte erfolgreich die Schule und widmete sich mit 10 Jahren Kurzgeschichten, Gedichten und Vorträgen die sehr umfangreich verfasst waren. Als er 17 Jahre alt war und sich als Schriftsteller die Zeit, für seinen Ersten Roman: SAD SONG - Trauriges Lied - nahm, machte ihm das Schreiben sehr großen Spaß. Sandro Hübner lebt in Berlin und arbeitet bereits an seinem nächsten Roman. Er hat mittlerweile vier Bestseller geschrieben.

Vom Autor bereits erschienen: www.sandrohuebner.de

Für dich Mama, Papa Oma und Ur-Oma

**Alle Geschichten, wenn man sie
bis zum Ende erzählt,
hören mit dem Tode auf.
Wer Ihnen das vorenthält,
ist kein guter Erzähler.**

E. Hemingway

SANDRO HÜBNER

DER GRAUSAME HELIKOPTER
DES HORRORS

HORROR

Bibliografische Information der Deutschen Nationalbibliothek:
Die Deutsche Nationalbibliothek verzeichnet diese Publikation in der Deutschen Nationalbibliografie; detaillierte bibliografische Daten sind im Internet über http://dnb.dnb.de abrufbar.

TWENTYSIX – Der Self-Publishing-Verlag
Eine Kooperation zwischen der Verlagsgruppe Random House und BoD – Books on Demand.

© 2019 Sandro Hübner

Herstellung und Verlag:
BoD - Books on Demand, Norderstedt

ISBN: 978-3-7407-2681-2

Von einem derart intensiven Blau konnte nur eine Wüstennacht sein. Ein aus den vier Himmelsrichtungen heran schwebender Schatten, der alles bedeckte und selbst die tagsüber weißgrau schimmernden Felsen zu massigen Klumpen degradierte.

Über dem Land lag der Himmel.

Nein, der Ausdruck wäre falsch gewesen. Ein Kunstwerk, von der Hand eines Meisters geschaffen. Ein gezogener, gespannter, dunkelblauer Samtteppich, darin eingefügt die zahlreichen Sterne, die sich in unerreichbarer Ferne zu wahren Haufen verdichteten und doch zum Greifen nahe zu sein schienen.

Eine Nacht für Dichter, für schöpferische Menschen, für Romantiker. Das genau waren die beiden schwerbewaffneten Männer nicht, die sich die tiefe Finsternis zum Schutz ausgesucht hatten, um in dieser Nacht noch ihr Ziel zu erreichen.

Sie hatten sich optimal vorbereitet. Nicht nur Waffen- und Werkzeugmäßig waren sie hervorragend bestückt, sie kannten das Gelände auch wie ihre Westentasche, denn High-Tech-Fotografie hatte ihnen von mehreren Satelliten hervorragende Bilder geliefert. Auf Vergrößerungen hatten sie jeden Felsen, jedes Tal und jede Mulde erkennen können.

Sie waren zu zweit, obwohl eine Armee von Spezialisten besser gewesen wäre.

Die Männer aber — von der CIA losgeschickt — gehörten zu den Topleuten dieser Behörde.

Auf der einen Seite Jubal King, ein aus Irland stammender Mann, dem nichts zu schwer war. Ein Hüne von Gestalt, der sich trotzdem lautlos wie ein Apache bewegen konnte.

Jubal King hatte selbst die härtesten Männer der Delta Force mit ausgebildet, bevor ihn die CIA holte, dabei auf seine Abenteuerlust spekuliert und richtig gelegen hatte, so dass Jubal King nur mehr für gefährliche und geheime Sonderaufträge zuständig war.

Sein markantes Zeichen war der glattrasierte Schädel, den er hin und wieder, falls es der Einsatz erforderte, durch eine Perücke bedeckte. So änderte er häufig sein Aussehen.

In dieser Nacht hatte Jubal King auf eine Perücke verzichtet. Dafür trug er eine Mütze aus grauem Stoff. Ebenso grau wie die Kampfkleidung der beiden Männer.

Als Waffen trugen sie handliche MPs, kaum größer als ein Revolver, Spezialentwicklungen für die Einsatzreserven der Staaten. Sie waren auch mit Messern bewaffnet und flachen Funksprechgeräten ausgerüstet, die eine große Reichweite besaßen. Das Werkzeug steckte in kleinen Rucksäcken. Damit die Gegenstände nicht klirrten, waren sie eingewickelt worden.

Der zweite Mann reichte dem Hünen Jubal King knapp über die Schultern. Er war auch nicht so breit, man konnte ihn als durchtrainiert bezeichnen. Sein Haar wuchs noch auf dem Kopf. Es hatte die dunkel- braune Farbe seiner Augen.

Sein Name: Mark Baxter!

Er gehörte ebenfalls zu den Assen der CIA, auch wenn man es ihm nicht ansah. Baxter hatte vor seiner Zeit bei der Agency als Wissenschaftler gearbeitet. Er hatte zu den besten Physikern der Staaten gezählt und hatte sich mit Lasertechnik befasst, bis er einen Unfall erlitt, der sein Leben radikal veränderte.

Daran dachte er jetzt nicht, als er neben Jubal King durch die kalt gewordene Nacht schritt.

Sie hatten die weite, wellige Sandebene hinter sich gelassen und bewegten sich bereits auf ein Gebiet zu, das zu den menschenfeindlichsten gehörte, die man sich vorstellen konnte.

Ein ausgetrockneter Salzsumpf. Wie eine riesige Schüssel im Gelände liegend, tagsüber in der Sonne kochend, verbrannt, ohne Leben, genau der richtige Ort für ein gutes Versteck.

Noch bewegten sich die Männer oberhalb des Sumpfs, nach einer Meile aber würden sie ihn erreicht haben.

Ihr Auftrag war simpel.

Sie brauchten nur einen Hubschrauber zu zerstören. Einen schwarzen, drohend aussehenden Hubschrauber, den eine Organisation in der Salzwüste versteckt hielt.

Schon vor einem halben Jahr waren der CIA Informationen zugespielt worden, dass diese Gruppe sich im Besitz einer unzerstörbaren Waffe befand. Zunächst hatte man bei den Amerikanern an eine Atombombe geglaubt, das hatte sich sehr schnell als Finte herausgestellt. Die Arabian Force, wie diese Gruppe sich nannte, besaß einen Hubschrauber, der als unzerstörbar galt.

Zunächst hatten die Amerikaner gelacht, dann waren weitere Informationen eingesickert, und schließlich hatten sie hören müssen, dass dieser Hubschrauber angeblich magische Kräfte besaß und von Männern geflogen wurde und besetzt war, die ebenfalls einen guten Draht zum Teufel besaßen.

Den Amis verging das Lachen, als dieser Hubschrauber einen Angriff auf eines ihrer im Mittelmeer kreuzenden Schiffe flog und dies zerstörte.

Es war nur ein Patrouillenboot gewesen, aber der Angriff hatte Tote gefordert.

Elf waren ums Leben gekommen!

Jetzt reagierte man in den Staaten sauer. Man ging den Spuren nach, die jedoch alle im Wüstensand versickerten. Als alles nichts mehr half, wurden Jubal King und Mark Baxter auf die Reise geschickt, um den Hubschrauber zu zerstören. Falls das nicht gelang, sollten sie ihn wenigstens fotografieren. Ein Job für Lebensmüde, doch Jubal King war bereit, sein Leben zu riskieren.

Mark Baxter dachte da etwas anders, konnte sich aber nicht weigern, weil er ebenfalls zu dem Verein gehörte.

Sie erreichten nach einem Fußmarsch von nicht ganz zwei Stunden den Rand der gewaltigen Salzschüssel, wo auch in der Nacht ein trockener Wind blies. Der brachte Salz und Sand mit, der ihnen in ihre Gesichter wehte.

Beide fanden Deckung auf dem Boden und konnten von dieser Stelle aus über den oberen Rand hinweg in die Schüssel hineinschauen. Mit bloßem Auge war nichts zu erkennen, sie hatten vorgesorgt und holten ihre Nachtgläser aus den Taschen.

Ein Infrarot-Restlichtverstärker sorgte dafür, dass die anvisierten Ziele so gut wie am Tage zu erkennen waren.

Mark Baxter und Jubal King stellten die für sie richtige Schärfe ein und suchten die Schüssel ab.

Lange brauchten sie nicht zu warten. Das Ziel tauchte plötzlich auf, und es erinnerte sie an ein unregelmäßiges Gebilde aus grauem Staub, das sich vom Boden abhob.

Das war es natürlich nicht, sondern eine Art Riesenzelt. In der Farbe gleich gehalten mit dem grauen Boden dieser menschenfeindlichen Schüssel.

Jubal ließ das Glas als erster sinken. Er hatte sein Gesicht mit grauer Asche getarnt, nur die Augen blitzten. »Wir sind da«, sagte er.

»So gut wie.«

»Pessimist, Mark?«

»Eher Realist.« Baxter schaute auch weiterhin durch das Glas. »Ich sehe keine Wachen.«

»Das haben sie nicht nötig. Die Kameraden fühlen sich einfach zu sicher. Du weißt doch, wie die Araber sind. Sie besitzen nicht unsere Disziplin, haben ein großes Maul, doch wenn es darauf ankommt...«

»Ich würde da vorsichtig sein, Jubal. Nicht Amerika ist der Nabel der Welt. Im Orient steckt noch so viel geheimes Wissen, von dem wir keine Ahnung haben.«

»Wie du meinst.«

Jetzt ließ auch Mark sein Glas sinken, rollte sich herum und stand mit einem Sprung auf den Beinen. Auch er trug den grauen Kampfanzug und die Mütze auf dem Kopf.

»Um Mitternacht könnten wir da sein«, sagte King.

»Meine ich auch.«

»Bleiben wir zusammen?«

»Wie abgesprochen.«

Jubal King stellte einen Daumen hoch. »Dann wollen wir der komischen Arabian Force mal Feuer unterm Arsch machen. Die kochen wir ein, diese Hirnies. Das wird eine andere Aktion als die damals in Teheran, als es den Jungs nicht gelang, die Geiseln herauszuholen.«

Er rieb seine Hände. »Ich bin heiß auf Action.«

»Ich weniger.«

King schaute ihn erstaunt an. »Ich habe gehört, du wärst einer der Besten.«

»Die Leute übertreiben«, erwiderte Mark lässig. »Aber jetzt komm. Du bist ja kein Freund von langen Diskussionen.«

»Wie recht du hast. Ich rede lieber mit mir selbst. Da kann ich mir nicht widersprechen.«

»Ah ja ...«

Nach wenigen Schritten schon änderte sich der Untergrund ebenso wie die Beschaffenheit des Geländes. Der Weg führte sie in die Mulde oder Schüssel hinein. Es ging leicht abwärts.

Der harte Stein des Untergrunds war verschwunden, er zeigte sich auch nicht weich oder sandig, dafür mit einer harten, karstigen Kruste versehen, an einigen Stellen regelrecht glatt. Die Sohlen der Männer mussten greifen wie Reifenprofile. Es war das getrocknete, mit kleinen Steinen vermischte Salz, das hier den Grund bildete. Zudem lag ein dünner, salziger Staub in der Luft, der die Gesichtshaut angriff und in den Augen brannte. Die Lippen platzten sogar auf.

Vom Rand der Schüssel aus hatten die Männer den Gegenstand nur mit ihren Gläsern erkennen können. Bald sahen sie ihn auch mit bloßem Auge. Wie eine gefrorene, angegraute Wolke hob er sich vom flachen Boden ab.

Dieses gewaltige Zelt verbarg eines der größten und gefährlichsten Geheimnisse auf der nördlichen Halbkugel.

Als hätten sich beide Männer abgesprochen, blieben sie plötzlich stehen. Jubal King wirkte dabei wie ein aufrecht gestelltes witterndes Raubtier. Seine Augen waren zu Schlitzen verengt. Er lauschte, sein durchtrainierter Körper glich dabei einer Antenne.

»Gefahr?« fragte Mark.

King schüttelte den Kopf. »Manchmal kann man sie wittern«, flüsterte er.

»Hier ist nichts, absolut negativ.« Scharf drehte er den Kopf. »Macht dich das nicht misstrauisch? Wenn das mit dem Hubschrauber stimmt, was man sich über ihn erzählt, dann ist das der reine Wahnsinn. Die müssen den doch rund um die Uhr bewachen. Von außen als auch von innen. Verdammt, Mark, ich habe allmählich das Gefühl, dass sie uns leimen wollen.« Für King war das eine lange Rede. Er, der Texaner, war ansonsten ziemlich schweigsam und sagte nur das Notwendigste.

»Das klingt nach Rückzieher«, kommentierte Mark.

»Quatsch, wir stehen das durch. Entweder sind die furchtbar naiv, oder sie fühlen sich so sicher, dass sie es nicht nötig haben, den Helikopter zu überwachen.«

Der Wind strich auch über die gewaltige Zeltplane. An verschiedenen Stellen, wo ihm Widerstand entgegengesetzt wurde, bewegten sich Teile der Planen wie Wellen. Zu ihnen herüber drang auch ein leichtes Knattern, ähnlich klingend wie fernes Gewehrfeuer.

»Mich macht das Salz nervös«, sagte Jubal. »Das klebt überall. Man müsste es mit Tequila von den Lippen wegspülen.« Er spielte damit auf ein altes Ritual an. Tequila wurde getrunken, und man aß dabei Salz.

»Später, wenn wir es hinter uns haben. Dann gehts nach Mexiko, und wir ballern uns den Kanal voll.«

»Dabei mag ich Tequila nicht.« Jubal grinste scharf und ging weiter. Mark blieb in seinem Schatten. Er sicherte links, sein CIA-Kollege rechts. Die Ruhe und die wachenlose Umgebung waren tatsächlich sehr ungewöhnlich. Normalerweise bewachten die Araber jedes außergewöhnliche Projekt, als hinge ihre Seligkeit davon ab.

Auch in ihren Haaren klebte das Salz.

Wo vorn oder hinten bei diesem Gegenstand war, wusste keiner zu sagen. Es befanden sich auch keine Alarmanlagen in der Nähe, und selbst Stolperdrähte entdeckten sie nicht. Diese Methode war zwar alt, aber ungemein wirksam.

Beide CIA-Agenten erreichten den unmittelbaren Bereich dieses gigantischen und doch relativ flachen Zelts. Sie duckten sich in den Schatten der Plane.

Trossen und Seile, die das Zelt hielten, sahen sie auch nicht. Es musste von innen seine Standfestigkeit bekommen haben.

Aus dem Schaft seines rechten Stiefels hatte Jubal ein Kampfmesser mit breiter Klinge hervorgeholt. Er war abergläubisch, warf es einmal in die Luft, so dass es sich drehte, und fing es dann am Griff wieder auf.

»Jetzt kann nichts mehr schiefgehen.«

»Das hoffe ich.«

»Okay, du deckst mir den Rücken, ich trenne die verdammte Plane auf. Alles klar?«

»Ja.«

Mark schaute nach vorn, in die verdammte Schüssel hinein, die tagsüber zu einer kochenden Salzhölle wurde. Hinter ihm werkelte Jubal King. Er wusste genau, wie er die Klinge anzusetzen hatte. Der Schnitt war kaum zu hören, dann glitt das scharfe Messer durch den dicken Stoff, als bestünde dieser aus weichem Fett.

»Das ist super!«

»Fertig?« fragte Mark.

»Klar doch, Bruder.«

Jubal hielt eine Hälfte etwas hoch. »Willst du zuerst hinein?«

»Ja.«

King hob den rechten Daumen zum Zeichen des Sieges und ließ Baxter den Vortritt. Mark bewegte sich schlangengleich über den Boden. Die Kruste aus Salz und Staub setzte sich auch im Innern fort, obwohl es dort einen gravierenden Unterschied zu draußen gab. Das Innere war erhellt. Von vier Seiten fielen die weichen Strahlen der Scheinwerfer genau auf den Gegenstand, der in der Mitte mutterseelenallein und unbewacht stand.

Es war der Helikopter!

Mark Baxter rutschte zur Seite, weil er seinem Kollegen Platz schaffen wollte. So groß Jubal King auch war, am Boden konnte er sehr klein werden und sich auch schlangengleich bewegen.

Mark winkte ihn mit dem Zeigefinger heran, und als Jubal King sich in die Höhe stemmte, da schüttelte er den Kopf.

»Was hast du?«

»Das darf doch nicht wahr sein!« ächzte der Texaner.

»Wieso?«

»Ist er das?«

»Klar.«

»Und der soll unangreifbar sein, daß ihm weder Raketen noch MG- Salven etwas ausgemacht haben?«

»Man hörte es.«

»Das kann ich nicht verstehen, tut mir leid. Schau ihn dir an, das ist ein stinknormales Modell...«

»Ein Hochleistungshubschrauber mit gelenklosem Hauptrotorsystem«, präzisierte Baxter.

»Ach ja, stimmt, du warst mal Physiker, habe ich gehört.«

»Genau.«

»Wo sind die Wachen?«

»Nicht hier.«

King strich über sein Kinn. »Ob die uns geleimt haben?« fragte er.

»Vielleicht ist das nicht der echte.«

»Es ist pechschwarz, Jubal. Wie wir es von den Beschreibungen her kennen. Und dieser Glanz ist irgendwie auch nicht normal, finde ich.

Als hätte man ihn mit irgendeinem Zeug bestrichen.«

»Für die Abwehr von Kugeln und Raketen. Wenn das eine Tatsache ist, dann ist das die Erfindung der letzten Jahre. Verdammt, und wie kommen Araber daran?«

»Vielleicht bekommst du die Chance, sie später einmal danach zu fragen.«

Jubal King hob nur die Schultern. »Sehen wir uns das Ding mal aus der Nähe an?«

»Und ob.«

»Okay, wir steigen ein, legen den Zeitzünder und verschwinden. Nach genau zehn Minuten wird die Maschine in die Luft fliegen.«

»Ich wüsste noch eine bessere Möglichkeit.«

»Du willst den Plan umstoßen?«

»Wir könnten die Maschine entführen.«

»Wahnsinn.«

»Weshalb nicht? Du kannst sie fliegen, ich habe das auch mal gelernt.«

»Mal sehen«, lenkte Jubal ein.

Bis zum Zielobjekt hatten sie noch ein gehöriges Stück freier Fläche zu überqueren. Sie waren die einzigen Menschen, die sich dem Helikopter näherten, der nicht zu den kleinen Modellen gehörte und schon einige Personen fassen konnte.

Der Rotorkopf schien direkt auf dem Dach zu kleben. Die vier Hauptrotorblätter sahen aus wie breite, gefährliche, blitzende Messer, die alles zerschneiden konnten, was in ihre Nähe geriet. Mit entsicherten, schussbereiten Schnellfeuer-MPs näherten sich die beiden Männer dem Hubschrauber, ohne dass sie angegriffen wurden.

Vor dem Einstieg blieben sie stehen.

»Mach du es zuerst«, sagte Jubal.

»Willst du nicht?«

»Doch — später. Ich gebe dir Deckung!«

»Meinetwegen.« Baxter hob die Hand, berührte die Außenfläche der Tür, nahm die Finger im gleichen Augenblick wieder zurück, als hätte er gegen etwas Heißes gefasst.

»Was ist denn?«

»Das gibt es nicht«, flüsterte Mark. Jubal rüttelte ihn an den Schultern. Er sah Marks käsiges Gesicht und auch, wie er schluckte. »Verdammt, was ist denn los?«

»Fass ihn an, Jubal. Das ist kein Metall. Das ist weich und trotzdem hart. Fast wie Gummi oder Haut.«

»Du bist verrückt...«

»Probiere es!«

King schaute noch einmal auf seinen Kollegen und sah dessen ernstes Gesicht. Da wusste er, dass Mark Baxter nicht gebluft hatte. Er tastete den Einstieg ab, schüttelte den Kopf, bewegte die Fingerspitzen, als wollte er sie in die Masse hineindrücken.

»Verdammt, du hast recht, Baxter! Was ist das?«

»Keine Ahnung, es ist immun gegen Kugeln. Vielleicht ist es die Erfindung des Jahrhunderts. Dein Plan, Jubal, den Hubschrauber zu zerstören, kommt nicht in Frage.«

»Das fürchte ich auch.« King schaute sich um. »Und so etwas lässt man unbewacht.«

»Sie haben es eben nicht nötig.« Mark räusperte sich. »Wir werden natürlich den Helikopter entführen müssen. Raus aus dem Zelt.«

»Und wie?«

»Die Schutzplane muss weg. Es muss einfach einen Mechanismus geben, der das schafft.«

»Sollten wir uns den Helikopter nicht zunächst von innen anschauen?« King legte seine Hand auf den Griff. Er bewegte ihn einige Male hin und her, dann hatte er es geschafft. Mit einem schwappenden Geräusch gab die Gummidichtung die Tür frei. Sie schwang den Männern entgegen. Aus dem Hubschrauber wehte ein ungewöhnlicher Geruch, der Jubal King zuerst auffiel. Er drehte den Kopf zu Baxter hin.

»Was ist das?«

Auch Mark roch. »Schwer zu sagen. Fast habe ich den Eindruck, als würde da innen etwas vermodern.«

»Nun ja.« King wollte hochsteigen.

»Nein, lass mich. Decke du mir den Rücken. Ich schaue mich mal um.«

»Wenn du Leichen findest, sind das vielleicht die Be wacher.«

»Das glaube ich kaum.« Mark hob ein Bein an. Er stemmte seinen Fuß auf die Trittleiste, schwang sich hoch und tauchte in den Helikopter. Vor ihm befand sich der Sitz des Piloten mit den beiden Hosenträgergurten.

Sein Blick glitt auch nach links, wo sich das Instrumentenbrett mit dem Bedienpult befand.

Alles war sehr sauber. Das Licht der vier Scheinwerfer drang durch die Scheiben und schuf Reflexe.

Mark wollte tiefer in die Maschine hineingehen, als er den ächzenden Laut vernahm, danach Kings Stimme. »Baxter, scheiße, das darf doch nicht wahr sein ...«

Wie ein Blitz stand Mark in der offenen Tür. Auch ihm lief es kalt über den Rücken, als er sah, was sein Kollege gemeint hatte. Die Wächter waren da.

Nur hatten Baxter und King sie nicht sehen können, weil sie sich unter der Erde verborgen hielten.

Nun aber kamen sie hoch. An zahlreichen Stellen brach der Boden auf, und aus den Löchern stieg die Besatzung des Helikopters, die Arabian Force, eine Mannschaft des Schreckens ...

Waren es Zombies — lebende Tote? Oder waren es Menschen, die sich nur für ihren Einsatz verkleidet hatten?

Weder Mark noch Jubal wussten eine Antwort. Ihnen war nur klar, dass es für sie zu viele waren. Dagegen kamen sie auch mit ihren Schnellfeuerwaffen nicht an.

Jubal King stand vor der Maschine in einer leicht gebückten Haltung, sein Zeigefinger berührte den Abzug der Maschinenpistole. Er atmete stoßweise und starrte in die kalt und düster wirkende Helligkeit, die die Scheinwerfer hinterlassen hatten. Alles unter diesem verdammten Dach wirkte unnatürlich.

Der Helikopter, der unbewacht in diesem Wüstenzelt stand, die Erde und jetzt das Reißen des Untergrunds und das Auftauchen der Gestalten.

Mark Baxter hatte den Hubschrauber nicht verlassen. Er hielt sich noch im offenen Einstieg auf, der Überblick von dieser Stelle aus war gut, und Mark wurde auch nicht enttäuscht. Er bekam einiges geboten.

Er und King vernahmen das Knirschen und dumpf klingende Brechen, als die Erde aufgebrochen wurde. Sie konnte dem Druck aus der Tiefe nicht länger standhalten, die schwarz vermummten Gestalten waren einfach zu kräftig.

Sie erschienen als gesichtslose Wesen, eine wahre Horde des Teufels, die auch bewaffnet war, denn in den

Händen trugen sie klobige Gegenstände, die an Revolver erinnerten. Jubal schaute zu Baxter hoch.

»Das ist der perfekte Wahnsinn! «, keuchte er.

»Wie kriegen wir die in Griff?«

»Gar nicht, fürchte ich!«

Mit dieser Antwort war er bei King an der falschen Adresse. »So haben wir nicht gewettet. Die lege ich um! Die schieße ich zusammen!« Er hob den rechten Arm an und streckte ihn wieder vor. Die kurzläufige MP bildete dabei die Verlängerung seiner Hand.

»Jubal, das schaffst du nicht!« ^

»Und ob ich das schaffe!«

Er schoss. Vor der Mündung tanzten plötzlich die kleinen blauroten Flämmchen. Als King die Waffe bewegte, beschrieb sie einen Halbkreis. Das harte und gleichzeitig trocken klingende Hämmern der Waffe erfüllte das Innere des Zelts.

Die Geschoßgarben jagten auf die Gestalten zu, die nicht auswichen. Hart schlugen die Kugeln in sie hinein. Die Wucht der Treffer schleuderte sie zur Seite. Wie Puppen fielen sie um.

King hörte auf zu schießen. Dafür lachte er wild und wütend. Zahlreiche Geschosse hatten den Boden aufgerissen und salzige Staubwolken in die Höhe geschleudert.

Der Agent wischte über sein Gesicht. »Das habe ich geschafft!« schrie er Baxter zu. »Die werden sich nicht mehr...«

»Irrtum, Jubal!«

Sie kamen, sie erhoben sich. Die Treffer hatten ihnen nichts ausmacht. Mit müde wirkenden Bewegungen stemmten sie sich hoch und rückten näher.

King war außer sich. »Baxter, begreifst du das?«

»Kaum!«

»Verdammt, wir müssen Sprengstoff ...«

Das Wort nehmen brachte er nicht mehr über die Lippen. Etwas schnellte auf ihn zu. Er hatte den Gegenstand nicht kommen sehen. Jedenfalls hatte er sich von der äußeren Hülle des Hubschraubers gelöst und stieß vor wie ein Greifarm.

Was es genau war, konnte Mark auch nicht erkennen. Eine Stahlklaue vielleicht, die King so hart umfasste, dass sie ihn mit einer spielerischen Leichtigkeit in die Höhe riss und der Mann somit aus Baxters Blickfeld verschwand.

Er hörte ihn nicht einmal schreien, aber die Arabian Force rückte näher. Sie kamen nicht nur von einer Seite. Überall war die Erde aufgebrochen und hatte die Besatzung entlassen. Baxter blieb keine Zeit, sie zu zählen. Er kam aber auf eine zweistellige Summe.

Allein gegen die Meute?

Unmöglich! Der CIA-Agent musste sich etwas einfallen lassen. Zwei dieser Wesen waren besonders nahe an den Hubschrauber herangekommen. Baxter senkte seine MP und drückte ab.

Der kurze Feuerstoß erwischte beide und warf

sie um. Sie prallten gegeneinander, überrollten sich, kamen aber wieder hoch und wurden erneut umgeworfen.

Ein Körper war über den Hubschrauber hinweg auf sie geschleudert worden. Jubal King!

Mark Baxter wurde leichenblass, als er sah, dass sich sein Kollege nicht rührte. Wie ein Toter lag er im Staub. Er blutete am Hals, das Gesicht war gegen den Boden gepresst.

Baxter war klar, dass er von nun an auf sich allein gestellt war und die Meute ihn als zweites Opfer wollte.

Gab es noch eine Chance für ihn? Vielleicht die Flucht? Nein, das sah gar nicht gut aus.

Die Wesen hatten ihn umstellt. Mark war realistisch genug, um erkennen zu können, dass er ihnen nicht entwischen konnte.

Er zog sich zurück.

Es blieb ihm nur die eine Möglichkeit, tiefer in den Hubschrauber zu tauchen. Sitze sah Mark nicht. Er nahm den üblen Geruch war, und Mark Baxter musste schlucken, um den Ekel zu überwinden. Dafür tat er etwas anderes. Ihn umgab ein Geheimnis, über das nur wenige Menschen auf der Welt informiert waren.

In das Heck des Helikopters drang der CIA-Agent vor. Dort stellte er sich hin und schloss die Augen.

Er konzentrierte sich auf einen Vorgang, der einige Jahre zurücklag. Es war Nacht gewesen, er hatte noch in seinem Labor gearbeitet. Es hatte zudem ein besonderer lest werden sollen, ein Versuch, etwas völlig Neues, das alles in den Schatten stellte.

Und es war etwas Neues geworden!

Mark spürte die wahnsinnigen Kopfschmerzen. Sie entstanden immer dann, wenn er sich auf das zurückliegende Ereignis konzentrierte. Sie deuteten an, dass es bald soweit sein würde.

Die Schmerzen zogen wie heißes, flüssiges Metall durch seinen Kopf. Sie übertünchten seine Gedanken, sie waren einfach da und ergriffen von seinem gesamten Körper Besitz. Ein letzter Stoß jagte durch seinen Körper, der anfing zu zittern und danach zerfloss.

Im gleichen Augenblick drangen die ersten Gestalten in den Hubschrauber. Sie wollten sich auch den zweiten Mann holen, der es gewagt hatte, die Maschine zu betreten.

Glotzende Augen starrten ins Leere. Wo der Mann hätte stehen sollen, befand er sich nicht mehr. Mark Baxter war verschwunden! Das allerdings stimmte nicht.

Der CIA-Agent hatte nur seine größte und stärkste Waffe ausgespielt. Er war unsichtbar geworden!

Es gibt unterschiedliche Arten von Stille!

Da ist einmal die Ruhe, die ein Mensch einfach braucht, wenn er viel geleistet hat. Eine Ruhe, die nach innen strömt, die ein Gefühl der Zufriedenheit gibt, aus der Kraft geschöpft werden kann, um für die nächste Lage wieder bereit zu sein.

Diese Ruhe oder Stille meinte ich nicht damit. Auch nicht diejenige, die auf Friedhöfen lauert, eine regelrechte Totenstille, wo man automatisch leiser auftritt, um die Ruhe der Entschlafenden nicht zu stören, und sich selbst der Wind zurückhält.

Ich dachte auch nicht an die Stille einer einsamen Bergwelt, die so erhaben und wunderbar sein kann, nein, die Stille, die mir förmlich entgegen schwang, machte mir Angst.

Ich war sie einfach nicht gewohnt, nicht hier im Schottland vordem Haus meiner Eltern.

Dabei hätte sie winterlich sein können, denn die Hügel der umliegenden Berge zeigten einen weichen, weißen Flaum aus Schnee. Die Geräusche aus dem Ort klangen irgendwie leiser.

Mir gefiel die Ruhe nicht.

Meine Mutter hätte mich längst bemerken müssen. Sie wusste, dass ich kam. Sie gehörte zu den Menschen, die eine ungefähre Uhrzeit abschätzen konnten und hinter dem Fenster warteten, dann hinausliefen, um Freunde oder ihren Sohn zu begrüßen. Die Mutter kam nicht!

Mein Elan war verpufft. Ich hatte die Wagentür schwungvoll wieder ins Schloss werfen wollen. Das schien mir jetzt genau falsch zu sein. Ich drückte sie nur vorsichtig zu.

Die großen alten Bäume vor dem Haus hatten ihre Blätter längst verloren. Schnee lag auf den Ästen und Zweigen wie Puderzucker, sehr dünn und manchmal vom Wind in die Höhe gepulvert.

Der direkte Weg zum Haus war schneefrei gefegt worden, dennoch sah ich Fußspuren, die auf den Eingang zuführten. Sie stammten von Männerschuhen. Meine Eltern hatten Besuch gehabt und mussten noch Besuch haben, denn die Spuren waren ziemlich frisch.

Mein Blick fiel gegen die Fenster. Dahinter regte sich nichts. Bei diesem grauen Winterhimmel sahen selbst die Scheiben irgendwie schmutzig aus.

Im großen Kamin jedoch musste ein Feuer brennen, weil aus dem Schornstein eine dünne Rauchfahne in den bleigrauen Schneehimmel stieg, als wollte sie sich an den Wolken festklammern. Unter dem größten Eichenbaum blieb ich stehen. Hinter einem der Fenster hatte ich eine Bewegung gesehen, einen huschenden Schatten, möglicherweise auch ein Täuschung, aber meine Sinne waren hellwach. Zudem befand ich mich nicht zum Vergnügen in Lautier, der kleinen Stadt, in der sich meine Eltern zur Ruhe gesetzt hatten.

Mein Vater, Horace F. Sinclair, hatte mir telegrafiert. Es war ein sehr kurzes Telegramm gewesen, in dem mir mein Vater mitteilte, dass mein Kommen unbedingt erforderlich war. Um was es genau ging, darüber hatte er mich nicht informiert, und er hatte auch nicht am Telefon darüber reden wollen, wie er mir sagte.

Ich hatte mich also in den Rover gesetzt und war losgefahren und stand jetzt vor dem Haus meiner Eltern, das mir so leer vorkam, obwohl sich bestimmt jemand hinter den Mauern befand.

Der Druck im Magen verstärkte sich, ebenso wie der kalte Schauer auf dem Rücken.

Bis zur Haustür war es nicht mehr weit. Dennoch legte ich die Strecke mit zögernden Schritten zurück — und stutzte plötzlich, denn ich hatte gesehen, dass die Tür nicht verschlossen war.

Man hatte sie nur angelehnt...

Bevor ich sie aufstieß, knöpfte ich meine dunkelgraue, dreiviertellange Winterlederjacke auf, um im Notfall schnell an die Beretta heran-kommen zu können.

Durch den dünnen Spalt drang kein Laut. Die außen liegende Stille breitete sich auch innerhalb des Hauses aus. Wieder überfiel mich ein Unwohlsein. Ich mochte die Ruhe überhaupt nicht. Sie war wie ein Druck, der sich immer mehr ausbreitete.

Ich kantete meinen rechten Fuß und drückte die Sohle gegen die Tür. Sie bestand noch aus schwerem Holz, so dass ich einige Kraft auf-wenden musste, bis sie zurückwich.

Mein Blick glitt in die große Diele mit dem Holzfußboden, der so sauber glänzte. Ein runder Tisch, beladen mit einer Blumenschale, breitete sich vor den Augen des Eintretenden aus. Die Blumen waren frisch. Ich wusste, dass meine Mutter Blumen liebte. Sie gaben ihr das Gefühl, richtig zu leben. Für den Besucher war er jedes Mal ein bunter Willkommensgruß.

Wiederdachte ich über den Schatten hinter dem Fenster nach. Er musste durch die Diele gehuscht sein.

Draußen hatten sich die Fußabdrücke ab-gemalt. Hier im Innern des Hauses suchte ich sie vergebens. Wahrscheinlich waren der oder die Besucher auch über den Teppich gelaufen, der einen Teil des Bodens bedeckte.

Die Stille blieb nicht.

Urplötzlich wurde sie durch einen leisen Schrei unterbrochen; es war mehr ein wehkla-gender kaut. Friss mich aus meiner Erstarrung, denn ich hatte die Stimme genau erkannt.

Sie gehörte meiner Mutter!

Es gibt Momente, wo man alle Erfahrungen und auch jegliche Vorsicht einfach über Bord wirft. Bei mir war es in diesem Fall so. Ich stürmte einfach los — und hinein in die Falle.

Es war der alte Trick, mit dem man mich geleimt hatte. Der Dieb oder Einbrecher lauerte im toten Winkel der Tür. Als ich an ihm vorbeisprintete, löste ersieh aus seinem Versteck.

Und wie er kam!

Etwas krachte mit vehementer Gewalt in meinen Rücken, als wollte es mich in zwei Hälften spalten. Den Schläger hatte ich nicht gesehen, dafür raste ich auf den Holzboden zu, der plötzlich zu einem beigebraunen Meer wurde. Ich sah Wellen steigen, wieder abfließen. Tränen stürzten in meine Augen, und mein Rücken schien so gut wie nicht mehr vorhanden zu sein.

Etws kroch schlangengleich über meinen Körper und auch unter die Kleidung. Es waren Finger, die zielsicher die Beretta an sich nahmen und mich waffenlos machten.

Einen Moment später stieß etwas Kaltes gegen meine Schläfe. Der Druck blieb einen Moment, wanderte dann und bohrte sich in meine rechte Wange, wo er auch blieb.

Ich blieb steif liegen. Der einzige Unterschied zu einem Toten war der, daß ich atmete, auch das nur durch die Nase. In meinem Rücken aber tobten sich die Schmerzen aus, als wäre das Kreuz in der Mitte ent- zweigebrochen worden.

»Wenn du dich bewegst, schieße ich!« Der Kerl hatte mit einer guttural klingenden Stimme gesprochen. Es war herauszuhören, da es sich bei ihm um keinen Engländer handelte.

»Okay, was soll ich tun?«, fragte ich.

»Auf dem Boden bleiben.«

»Das bin ich, und dann?«

»Wir haben deine Mutter!«

»Ich weiß!« keuchte ich. »Lasst sie frei! Sie hat mit der ganzen Sache nichts zu tun!«

»Dann weißt du Bescheid?«

»Auch nicht.«

»Was redest du dann?«

»Ich habe einfach geraten!« keuchte ich. Normal zu sprechen, war unmöglich. Der Schmerz in meinem Rücken war zu einer Flamme geworden, die bis in den Hals stach.

»Wieso bist du hergekommen?«

»Es sind meine Eltern.«

Er lachte. »Das weiß ich. Aber ich weiß noch mehr. Ich weiß, wer du bist, verdammter Hund!«

»Sicher. . .«

Der Druck löste sich von meiner Wange. Dafür hörte ich den Befehl:

»Los, steh auf!«

Erst mal können vor Lachen, dachte ich und zog die Arme an. Die Handflächen streiften dabei über den Boden. Sehr mühsam drückte ich mich in die Höhe. Mein Rücken brach weiter, diesmal in kleine Stücke, so jedenfalls fühlte ich mich.

Aber ich kam etwas unsicher auf die Füße, blieb stehen und schaute mich um.

Der Kerl stand hinter mir. Da ich den Kopf unmöglich wenden konnte, musste der Mann erst vorkommen.

Ich hörte seine Schritte, wie er mich umkreiste. Dann geriet er in mein Blickfeld.

Fs kostete mich Mühe, nicht zu lachen, denn der Unbekannte sah aus wie ein Zwerg. Erreichte mir nicht einmal bis zur Brust, war aber sehr breit in den Schultern, so dass der Ausdruck Kraftpaket bei ihm durchaus zutraf.

In seiner rechten Hand hielt er die Waffe, einen Revolver, der nur deshalb so lang aussah, weil auf die Mündung ein Schalldämpfer geschraubt war. Das Haar des Mannes war schwarz wie Kohle. Er hatte es glatt zurückgekämmt. Der dunkle Feint ließ auf einen Südländer schließen, ich tippte auf einen Orientalen.

Dicht unter dem Mund schimmerte eine helle Narbe. Sie sah aus wie ein schräg dahin gepinselter Strich.

Er trug dunkle Kleidung und auch Handschuhe. Der Zeigefinger lag am Drücker.

»Ich will eigentlich nicht, dass du jetzt schon stirbst, aber wenn du dich dumm anstellst oder den Helden spielst, jage ich dir die Kugel zwischen die Augen.«

»Ja, ich habe verstanden!«

»Dann können wir gehen!«

»Meine Mutter…«

»Schön, dass du so sehr an deinen Eltern hängst. Okay, du kannst sie ja auch sehen. Ich bringe dich zu ihr.«

»Was hast du ihr angetan?« fragte ich scharf.

»Ich nichts…«

Das wollte ich nur wissen. Er war also nicht allein. Klar, diese Typen kamen mindestens zu zweit. Ich starrte ihn an. In meinem Innern spürte ich eine Hitzewelle hochsteigen. Irgendetwas in meinem Blick musste ihn gewarnt haben, denn er zuckte plötzlich zurück. Automatisch drangen die Worte über meine Lippen, zwar nur flüsternd gesprochen, aber dennoch so drohend, dass er zusammenzuckte.

»Ich will dir eines sagen, mein Freund. Wenn du oder dein Kumpan meiner Mutter ein Haar krümmen, werdet ihr dieses Land nicht mehr lebend verlassen!«

»Spricht da ein Polizist?«

»Nein, diesmal nicht. Ich habe als Privatmann geredet. Merke es dir. Dann nutzt dir deine Kanone auch nichts mehr, das verspreche ich dir!« Über seine glänzenden Lippen zuckte ein verlegenes Grinsen. Er schob den Waffenarm noch weiter vor. »Okay«, sagt er, »schau dir deine Mutter an!«

»Wo ist sie?«

»Oben!«

»Wo da genau?«

»Im Schlafzimmer!«

Ich nickte. »Den Weg kenne ich.« Die große Treppe, die ich nehmen musste, begann bereits in der Diele. Die Stufen waren sehr breit, man konnte sie bequem hinaufgehen. Auch der Flur in der ersten Etage war kein enger Schlauch.

Von ihm zweigten zahlreiche Türen ab. Dazwischen hingen Bilder an der Wand. Die meisten Motive waren gegenständlich gemalt. Sie zeigten viel Natur und die schottische Heimat meiner Eltern.

Die Tür zum Schlafraum war nicht geschlossen. Deshalb hatte ich auch den Schrei meiner Mutter hören können. Dicht vor der Tür hatte mich der Fremde eingeholt. Mein Rücken stand noch immer in Flammen, deshalb spürte ich auch kaum den Druck der Waffe, den die Mündung ausübte, als sie mir ins Kreuz gedrückt wurde.

»Und keine Dummheiten!«

»Natürlich.« Ich hatte mit kratziger Stimme gesprochen, betrat das Schlafzimmer und spürte, wie es heiß und gleichzeitig bitter in meiner Kehle hochstieg.

Für mich, als Sohn, war das Bild schrecklich. Meine Mutter lag bäuchlings auf dem Bett, das Gesicht in das Oberkissen gedrückt. Neben ihr hockte der zweite Mann, ebenfalls ein orientalisch anmutender Typ. Er trug auch die dunkle Kleidung. Dunkel war auch der kurzläufige Revolver, der den Nacken meiner Mutter berührte.

»Lass sie frei!« sagte ich in einem Tonfall, der mir selbst fremd vorkam.

»John...« Meine Mutter flüsterte den Namen. Es kam mir vor wie ein Hauch der Hoffnung.

»Bist du okay?«

»Ja, mein Junge, sicher...«

»Was wollten sie von dir?«

»Es ist wegen Dad. Sie wollen an ihn heran, aber er ist nicht da. Ich weiß es nicht!«

»Halt dein Maul, Alte!« unterbrach der zweite Kerl sie. Er sah brutal aus. Von der Schulter hoch wuchs ein wuchtiger Stiernacken. Das lockige schwarze Haar lag auf seinem Kopf wie ein dichter Pelz. »Halte nur dein Maul!« wiederholte er.

»Sie weiß nichts!« fuhr ich ihn an.

Er schaute mir ins Gesicht, und seine Waffe zeigte weiterhin in meine Richtung. »Weißt du denn etwas?«

»Nein!«

»Weshalb bist du dann hier?«

»Das habe ich ihn auch gefragt«, sagte der Mann hinter mir. »Das habe ich ihn, verdammt noch mal, auch gefragt, aber der Hundesohn wollte mir keine Antwort geben.«

»Er wird es schon noch.« Lockenkopf starrte dabei auf den Rücken meiner Mutter.

In mir kochte es. Ich suchte nach Worten, da stellte der Lockenkopf die Frage. »Also, Alte, wo ist dein Kerl hin? Sag die Wahrheit, sonst wirst du hier sterben!«

»Ich weiß es nicht. Er ist in den Wald gegangen. Er wollte allein sein.«

»Wann kommt er zurück?«

»Das hat er nicht gesagt.«

»Hören Sie auf, die Frau zu quälen!« sagte ich. »Sie weiß es wirklich nicht. Wir können nach unten gehen und dort auf meinen Vater warten. Er wird sicherlich bald zurück sein.«

»Deine Mutter muss etwas wissen, sonst wärst du nicht hier!«

»Worüber denn?«

Lockenkopf schüttelte den Kopf. »Das werde ich dir nicht sagen, Hundesohn. Du bist Polizist. Man hat dich hergeholt, dein Alter hat falschgespielt. Er hat uns verschaukeln wollen, verstehst du das? Aber wir Araber waren schon immer die besseren Kaufleute...«

Ich wollte ihm nicht glauben.

Das konnte einfach nicht wahr sein. Mein Vater sollte mit diesen Leuten Geschäfte gemacht haben? Ein Unding. Ich kannte ihn lange genug, den Rechtsanwalt Horace F. Sinclair, und er war stets den redlichen Weg gegangen und nicht den des Unrechts oder einer hinterlistigen Tour.

»Was ist?« fragte Lockenkopf, der wohl gesehen haben mußte, wie ich nachdachte.

»Ich kann mir kaum vorstellen, daß mein Vater mit Ihnen Geschäfte gemacht hat.«

»Geschäfte direkt nicht, aber er hat uns hintergehen wollen, das spürte ich genau.«

»Was wolltet ihr von ihm?«

»Das werden wir dir nicht sagen. Er kann es dir selbst erklären, bevor wir euch zur Hölle schicken.«

Ich verengte die Augen. Meine Mutter schrak bei den Worten zusammen, denn der Araber wiederholte sie noch einmal.

»Sie wollen einen dreifachen Mord begehen?« fragte ich leise.

»Ja.«

Ich nickte dem Lockenkopf zu. »Und Sie wissen genau, auf was Sie sich eingelassen haben.« »Natürlich.«

»Ein dreifacher Mord . . .«

»Ist für uns nichts Ungewöhnliches. Hier geht es um das große Spiel, das ganz, große. Die Zeit ist dafür reif, daß die Arabian Force die Macht übernehmen kann. Versteht ihr das?«

»Nein!«

»Die Arabian Force sind wir. Und wir besitzen die Macht. Wir haben ihn bekommen.« »Wen denn?«

»Du hast noch nichts von ihm gehört?« »Nein.«

»Dann wirst du dein Nichtwissen womöglich mit in den Tod nehmen. Oder laß dich zuvor von deinem Vater aufklären. Er hat dich ja hergeholt. Aber auch du wirst uns nicht stoppen können. Diesmal sind wir mächtiger, darauf kannst du dich verlassen.«

»Wer ist wir?«

»Vielleicht die, die der Satan geschickt hat.«

»Der Teufel also.«

»Das sagt ihr.«

Wenn der Araber recht behielt, war ich genau richtig. Ging es hier vielleicht um mehr als ein normales Verbrechen? War nicht die Schwarze Magie mit im Spiel?

»Ich möchte euch bitten, meine Mutter freizulassen. Ihr habt mich als Geisel, das müßte euch genügen.«

Die beiden überlegten. Sie sprachen miteinander. Ich verstand davon kein Wort, sah aber, wie der Lockenkopf seine freie Hand hob und mir zuwinkte.

»Vielleicht werden wir deine Mutter woanders hinschaffen. Sie darf nicht die Chance bekommen und andere Bullen alarmieren.«

»Das werde ich nicht!« versprach meine Mutter. »Nein, auf keinen Fall. Ich will es nicht.«

»Okay, mal sehen.«

Noch stand die Lage nicht auf der Kippe. Das konnte sich schnell ändern, wenn mein Vater zurückkehrte. Ich traute den beiden Arabern den dreifachen Mord durchaus zu. Das waren Leute, die kein Erbarmen kannten.

Etwas anderes lenkte uns ab. Wir hörten von außen her das Geräusch eines anfahrenden Wagens. Der Lokkenkopf spannte sich und befahl seinem Kumpan: »Sieh du nach!«

Hinter mir löste sich der Zwerg und ging zum Fenster. Es lag günstig. Fr konnte von dieser Stelle bis zur Auffahrt vor dem Haus schauen und das

Fahrzeug sehen.

»Ist er das?« fragte Lockenkopf. »Ich weiß nicht. Es ist ein Kleinwagen. Ich glaube nicht.«

»Das... das kann meine Nachbarin sein«, flüsterte Mary Sinclair. »Sie... sie wollte mir Gemüse vorbeibringen.«

»Ist die Tür geschlossen?«

»Ja.« Der Kerl am Fenster gab die knappe Antwort.

»Wenn sie schellt«, sagte der Lockenkopf, »wird niemand öffnen. Sie soll das Zeug vor das Haus stellen.«

»Das wird sie schon«, sagte meine Mutter.

Wir hörten wenig später das Klingeln. Erst kurz, dann zweimal sehr lang, und noch ein anderes Geräusch schrillte dazwischen — das Telefon.

Im Haus meiner Eltern standen mehrere Apparate verteilt, unter anderem auch einer im Schlafzimmer und nicht weit von dem Lockenkopf entfernt. Als er das Geräusch vernahm, zuckte er zusammen, als hätte er einen Schlag bekommen.

Er verlor die Übersicht, schaute auf den Apparat und hob auch die rechte Hand.

Die Waffe zeigte nicht mehr auf meine Mutter, sie wies für einen Moment ins Leere.

Ich riskierte es!

Mein Sprung war gewaltig. Aus dem Stand hatte ich mich vorgeschleudert, auch über das Bett hinweg, und ich hämmerte meine Fäuste gegen den Kopf des Lockigen.

Der Araber fegte zurück. Er befand sich im Flug zum Fenster hin, wo sein Kumpan herumfuhr, die Waffe hochreißen wollte, aber nicht mehr dazu kam, denn der andere prallte gegen ihn.

Diese Sekunden der Unsicherheit waren meine Chance. »Weg, Mutter!« brüllte ich und kam über die beiden.

Noch immer schwebte ich in Lebensgefahr. Ein Schuss peitschte auch, die Kugel hämmerte in die Decke, dann trat ich zu und erwischte den Zwerg.

Am Kopf blutend kippte er zur Seite. Lockenkopf schwang den Arm herum.

Ich trat gegen die rechte Hand. Er fluchte vor Schmerzen, ließ die Waffe aber nicht los.

Dann setzte ich mein Knie ein. Ich hörte ihn ächzen, die Luft war ihm aus den Lungen gepresst worden. An das Abdrücken seiner Waffe dachte er nicht mehr. Er stand auf wackligen Beinen an der Wand, die Augen quollen ihm fast aus den Höhlen, ich riss seine Waffe an mich, bevor ich ihm noch einen Hieb mit auf die Reise gab, der ihn quer durch das Schlafzimmer torkeln ließ.

Er taumelte hinaus, ich wollte ihm nach, aber da war der Zwerg noch, der wieder hochkam.

Ich schlug zu.

Sein Kopf prallte zurück. Blut schoss aus seiner Nase. Er riss die Arme hoch, wollte schießen, ich packte seinen rechten Arm und hebelte ihn herum.

Er schrie auf, als er in die Knie ging. »Lass die Kanone fallen, verdammt!«

»Neiinnn… aaahhh…« Er ging noch tiefer in die Knie, dann war seine Schmerzgrenze erreicht. Eine Idee weiter gedreht, und er hätte sich den Arm gebrochen. So aber öffnete er die Faust, der schallgedämpfte Revolver rutschte über die Handfläche, kippte weg und landete vor dem Bett auf dem Boden.

Der Zwerg gab nicht auf. Ich hatte ihn als Kraftpaket eingeschätzt und lernte ihn auch so kennen. Meine Treffer hatte er weggesteckt. Er war zu einem rotierenden Bündel geworden, drehte sich im Sprung, der ihn gegen mich führte.

Wir prallten zusammen, ich kippte zurück auf das Bett, er wollte Miran die Kehle, da hatte ich schon beide Knie hochgerissen und ihn empfindlich getroffen.

Er hockte breitbeinig und etwas schwankend vor mir, die Hände auf die getroffene Stelle gepresst. Seine Augen hatten bereits den berühmten glasigen Schimmer bekommen, die Lippen waren verzogen, aber nicht zu einem Lächeln.

Lange würde er sich nicht halten können. Ich zog die Beine noch einmal an und erwischte ihn mit einem letzten Tritt, der den Zwerg endgültig vom Bett schleuderte.

Daneben blieb er liegen, groggy, ausgeknockt, nicht bewusstlos, aber auch nicht mehr fähig, sich zu wehren.

Ich nahm ihm die Waffe, dafür bekam er etwas anderes von mir: Handschellen. Ich fesselte ihn am Hand- und Fußgelenk. Die Lage war zwar äußerst unbequem, aber dieser Zwerg steckte voller Hass und war noch zu vielem fähig. Hastig durchsuchte ich ihn, fand noch ein Messer, das ich ebenfalls außer Reichweite schaffte, aber keinerlei Papiere, die ihn identifiziert hätten.

Auf dem Fußboden ließ ich ihn liegen und erhob mich. Erst jetzt spürte ich meinen Rücken wieder. Es waren widerliche Schmerzen. Das Brennen begann am untersten Wirbel und zog sich hoch bis zum Hals. Beim großen Kampfgetümmel hatte ich davon nichts gespürt.

Nicht gerade topfit verließ ich das Schlafzimmer, um nach meiner Mutter zu sehen.

»Mum?« rief ich laut in den Hur und dachte dabei auch an den Lockenkopf. Deshalb hielt ich die Beretta in der Hand. Noch einmal würde sich dieser Mann nicht überraschen lassen.

In der oberen Etage hielt er sich nicht auf, dafür vernahm ich die Stimme meiner Mutter. »John, ich bin im Bad hier. Ist alles...?«

»Ja, du kannst kommen.«

»Der andere ist aus dem Haus gelaufen und geflüchtet.«

»Schon gut.«

Meine Mutter hatte von innen abgeschlossen. Ich hörte, wie sie den Schlüssel bewegte, dann zog sie die Tür auf, stand auf der Schwelle, war ungemein blass im Gesicht, hatte verweinte Augen und fiel mir in die auffangbereiten Arme.

»John, mein Junge, was habe ich eine Angst ausgestanden.« Früher, als ich Kind gewesen war, hatte sie mir oft genug tröstend über das Haar gestrichen, jetzt war es umgekehrt. Auch bei mir ließ die Spannung allmählich nach. Ich spürte den dicken Kloß im Hals und hätte meine Mutter stundenlang umarmen können.

Es tat mir wirklich gut, die Nähe dieser Frau zu spüren, die mich geboren hatte.

»Du bist in Ordnung, Mum?«

»Ja, meine Junge. Körperlich bin ich in Ordnung, aber seelisch habe ich einen leichten

Knacks bekommen.«

»Das gibt sich, Mum, das gibt sich.« »Und dein Vater?«

Da hatte sie genau den Punkt angesprochen, mich dem ich sie fragen wollte. Ich zog sie mit in den Flur und ließ sie dann los. »Weißt du wirklich nicht, wo sich Dad befindet?«

»Er ist in die alte Jagdhütte gefahren.«

»Warum das denn?«

Meine Mutter bat um ein Taschentuch, das ich ihr gab. Sie schnäuzte sich und sagte: »Er wollte dich dort sprechen, nicht hier. Ich kenne den Grund. Wahrscheinlich hat er geahnt, dass wir Besuch bekommen würden. Deshalb sagte er, schick den Jungen zu mir in die Hütte, wenn er kommt.«

»Dann hat er mit diesen Leuten zu tun gehabt?«

»Sie wendeten sich an ihn.«

»Du weißt nicht zufällig, um was es da gegangen ist. Was hätte Dad mit ihnen zu bereden gehabt?«

»John, ich habe keine Ahnung. Ich weiß es wirklich nicht. Ich habe nur gesehen, dass er bleich wurde und in den letzten beiden Nächten nicht schlafen konnte.«

»Hast du auch nicht gefragt?«

»Doch — schon. Aber du kennst deinen Vater. Wenn er etwas nicht sagen will, hält er auch den Mund.«

»Das stimmt. Hat er auch keine Andeutungen gemacht?«

»Nur allgemein. Er hat einmal gesagt, wenn das wahr ist, was die vorhaben, dann kommt das einer Katastrophe gleich. Diese Waffe ist einmalig.«

»Was könnte er damit gemeint haben?«

»John, er hat sich nicht näher darüber ausgelassen, aber er wollte mit dir darüber sprechen.«

»Gut, dann fahre ich so rasch wie möglich zu ihm.«

»Was ist denn mit diesem einen Mann?«

»Den nehme ich mir noch vor. Zunächst allerdings möchte ich ihn an einen sicheren Platz schaffen.«

»Der Keller.«

»Genau, Mum, gut.« Ich lachte und ging so steif zurück in das Schlafzimmer, dass sich meine Mutter darüber wunderte und fragte, ob ich es im Rücken hätte.

»Ja, ich bin etwas steif.« »Aber du treibst doch Sport.«

»Ach, Mum.« Ich legte einen Arm um ihre Schultern. »Wenn du wüsstest, aber lassen wir das.« Als ich um das Bett herumgegangen war, starrte mich der Zwerg hasserfüllt an. Er blutete stark aus der Nase.

»Wie heißt du?«

Die Antwort war typisch für ihn, denn er spie nach mir. Ich war es leid, bückte mich und schleifte ihn zur Seite. Später wuchtete ich mir den Kerl über die Schulter und schaffte ihn in den Keller, wo es einen leeren Raum gab.

»Hier kannst du über deine Sünden nachdenken, bis ich zurückkomme«, versprach ich ihm.

»Wir kriegen dich noch, Hurensohn. Wir packen dich. Wir werden alles in Trümmer schießen.«

»Mal sehen.« Ich warf die Tür zu und schloss ab. Meine Mutter erwartete mich mit sorgenvollem

Gesicht in der Diele. »Der zweite Gangster ist ja entkommen.«

»Ja, das stimmt.«

»Was denkst du?«

»Das kann ich dir sagen. Ich möchte nicht, Mum, dass du hier im Haus bleibst. Wenn der es beobachtet, wird er bemerken, wenn ich es verlasse. Dann wird er zurückkehren.«

»Meinst du?«

»Es ist damit zu rechnen, Mutter.« »Was sollen wir dann tun?«

»Abwarten«, erwiderte ich. »Aber ohne dich. Ich werde dich wegbringen. Am besten bist du bei Sergeant McDuff aufgehoben.«

»Der ist nicht da.«

»Wie?«

»Er hat Urlaub.«

»Auch das noch.«

Wieder läutete das Telefon. Meine Mutter, die hier zu Hause war, hob ab und meldete sich mit leiser Stimme, die im nächsten Moment lauter wurde: »Ach, Suko, du bist es.« Sie sprach noch einige Worte mit meinem Freund und Kollegen, bevor sie mir den Hörer gab. »Er will dich sprechen, Junge.«

»Danke. Ja, Suko, was gibt es?«

»Sitzt du gut, John?«

»Nein, ich stehe.«

»Dann kannst du bald Haltung annehmen. Ich weiß nicht, was bei euch oben vorgeht, aber ich habe das Gefühl, daß du hier in London dringend gebraucht wirst. Wir haben nämlich Besuch bekommen.«

»Und wer ist es?«

»Mark Baxter!«

Ich sagte nichts, weil ich glaubte, mich verhört zu haben. »Bist du noch dran, John?«

»Ja, natürlich. Stimmt das mit Mark?«

»Ich gebe ihn dir. Er sitzt hier im Büro.«

»Hi, John, du alter Geisterjäger!« vernahm ich die Stimme des Amerikaners.

»Hi, Mark. Von den Ghouls wieder erholt?«*

»Sicher. Danach hat sich die politische Lage ja glücklicherweise entspannt.«

»Finde ich auch.«

»Aber es gibt noch immer Querköpfe, die uns Sorgen bereiten. Nicht allein uns Amerikanern, auch ihr hängt dick drin.«

»Um was geht es?«

»Eine Superwaffe.«

»Atombombe?«

»Nein, nichts in dieser Richtung. Es geht um einen Hubschrauber, den eine gewisse Gruppe besitzt.«

»Airwolf?«

»Das hat mit dem Film nichts zu tun, auch nichts mit dem fliegenden Auge, obwohl eine gewisse Ähnlichkeit nicht abzusprechen ist. Der Hubschrauber, von dem ich spreche, ich unzerstörbar.«

»Wie?«

»Du kannst ihn nicht zerstören, John Sinclair. Da ist nichts zu machen.«

»Besteht er denn aus einem besonderen Material?«

»Ja. Wenn du dabei allerdings an Stahl oder andere Legierungen denkst, bist du im Irrtum. Die Außenhaut ist in gewisser Weise sogar weich. Ich habe sie anfassen können.«

»Und wie weiter?«

»Nichts weiter, John. Das wollte ich dir nur sagen. Ich habe Glück gehabt, dass ich mit dem Leben davonkam. Vor gut drei Wochen entdeckten ein Kollege und ich ihn in der Libyschen Wüste. Jetzt ist er nicht mehr da, leider.«

»Wo steckt er?«

»Dieser Horror-Helikopter wurde über Europa gesichtet. Um genauer zu sein, nicht weit von London entfernt. Er verschwand dann, die Leute müssen ihn versteckt haben, und seine Besatzung besteht aus Gestalten, die in deinen Bereich fallen.«

Ich schaltete schnell. »Zombies?« »Glaube schon.«

»Verdammt«, sagte ich und starrte auf meine Schuhspitzen. »Dein Anruf trifft mich im ungünstigsten Moment. Ich kann hier noch nicht weg, weil sich auch hier einiges anbahnt.«

»Der Helikopter ist wichtig, John!«

»Das bestreite ich nicht. Aber mein Vater ist da in einen Fall hineingerutscht, der mir ebenfalls wichtig erscheint. Es ist wirklich wie verhext, da dreht man sich im Kreis.«

»Du musst es entscheiden.«

»Okay, ich rufe im Laufe des Tages noch einmal zurück. Haltet inzwischen die Stellung!«

»Es bleibt uns auch nichts anderes übrig.«

»Bis dann.« Ich legte auf und sah das besorgte Gesicht meiner Mutter vor mir.

»Ärger, John?«

»Noch nicht. Es kann aber welchen geben. Ich müsste eigentlich zurück nach London, aber ich werde zunächst bleiben, bis diese Sache hier ausgestanden ist.«

»Danke, Junge.« Sie drückte meine Hände. »Du glaubst gar nicht, was dein Vater gelitten hat.«

»Das kann ich mir denken. Leider habe ich noch immer nicht mit ihm sprechen können.«

»Er wird...«

»Da ist er.« Ich hatte den Motor eines Fahrzeugs vernommen, war schnell an der Tür, öffnete sie und sah schon, wie mein Vater aus dem Geländewagen kletterte, mit dem er unterwegs gewesen war.

»Du bist da!« rief er und winkte mir zu. Rasch lief er auf das Haus zu. Der grauhaarige Mann mit dem weiß gewordenen Oberlippenbart und ich fielen uns in die Arme.

An mir vorbei schaute Vater auf seine Frau. »Mein Gott, Mary, was ist mit dir?«

»Das kann dir der Junge besser erzählen, glaube ich.«

»Wieso, was...?«

»Setz dich erst einmal hin, Dad.«

Gemeinsam gingen wir in den großen, mit rustikalen Möbeln eingerichteten Wohnraum.

Ich wusste, wo der Whisky stand, holte eine Flasche, auch zwei Gläser und schenkte ein.

Dann begann ich mit dem Bericht...

Es sah so aus, als würde er aus der dunklen Wintererde steigen!

Man hätte, um ihn zu beschreiben, zahlreiche Vergleiche finden können, und jeder hätte gestimmt.

Ein tödliches Ungeheuer, eine schwarze,

riesige Killerbiene oder Monsterlibelle, Genau oder direkt ins Zentrum trafen die Vergleiche allerdings nicht.

Dieser Hubschrauber war der fliegende Tod!

Wo er auftauchte, und sein Motorengedröhn über eine Landschaft hinweg hallte, da schien der Sensenmann sein ständiger Begleiter zu sein. Die sanften Hügel hatten die Maschine bisher verborgen gehabt, nun gaben sie sie frei und schienen sich selbst unter dem Eindruck dieses schwarzen Monsters zu ducken.

Wie ein Gegenstand aus einer anderen, unheimlichen Welt sah er aus. Als monströser Beobachter schwebte er über dem Land, die Fühler ebenso ausgestreckt wie die Krallen.

Noch bewegte er sich nicht, stand in der Luft, dann drehte er sich langsam um die eigene Achse.

Hinter seinen Scheiben brannten nur wenige Positionsleuchten. Sie erfüllten das Innere mit einem geheimnisvollen Schein, der über Gesichter schwang, die aus rissiger, schwarzer Rindenhaut bestanden und keinem Menschen mehr gehörten.

Sie waren die Diener des bösen Dschinns, der als Nadir Shive zurückgekehrt war.

Sie hatten ihn beschworen, sie hatten sich von ihm Hilfe erhofft und sie auch bekommen.

Über das Land legten sich die langen, düsteren Schatten des hereinbrechenden Abends. Am Himmel türmten sich Wolkenberge, wahre Gebirge, mit denen der Wind spielte und sie sacht vor sich hertrieb.

Der Horror-Helikopter stieg höher. Er tastete

sich förmlich den Wolkenbergen entgegen, ohne sie allerdings zu erreichen, denn der Pilot hielt die Maschine auf einer bestimmten Höhe.

Es war Nadir Shive, der den Platz hinter dem Steuerknüppel eingenommen hatte. Der Mann aus der Wüste, die Gestalt aus Staub, mit dem Atem des Scheitens versehen.

Das Wesen ohne Haut, aber trotzdem lebend und von einer Unrast getrieben, die für die anderen Tod und Vernichtung bedeutete. Er war Anführer der Arabian Force, er strebte nach der Herrschaft des Bösen und wollte die Menschheit zittern lassen.

Hinter sich wußte er eine Truppe, die ihm bedingungslos gehorchte. Nicht nur die seelenlosen Zombie-Gestalten zollten ihm den Gehorsam. Es gab auch normale Menschen, die auf seiner Seite standen und die er ausgeschickt hatte, um seine Forderungen an die Regierungen zu unterstreichen.

Bisher hatten sie sich nicht gebeugt. Sie versuchten zu kämpfen, hatten zwei Agenten geschickt, wovon einer den Auftrag mit dem Leben hatte bezahlen müssen.

Der zweite war verschwunden. Trotz intensiver Suche hatten sie ihn nicht gefunden, damit war für Nadir Shive die harmlose Zeit vorbei. Er würde jetzt andere Akzente setzen.

An diesem Abend noch sollte seine zweite Warnung einschlagen, die dritte stand bereits auch auf dem Plan.

Wenn der Himmel Feuer speit und die Wolken Flammen regnen, dann ist die Zeit des Chaos' angebrochen.

Daran dachte Nadir Shive, als er den Helikopter auf seinen Kurs brachte. Richtung Süden!

Bob Lane gähnte so lange, dass sein Kollege Charly Carson befürchtete, dessen Kiefer würde sich ausrenken. Er schaute Lane an und schüttelte den Kopf.

»Was ist?«

»Lieber Himmel, kannst du gähnen.« »Ich bin auch müde.«

»Toll, und das zu Beginn der Nachtschicht.«

»Ist doch egal.«

»Wie willst du durchhalten?«

Lane grinste. »Indem du Wache hältst und mich weckst, sollte jemand versuchen, unseren kleinen Flugplatz anzufliegen.« Er streckte die Beine aus und starrte auf den runden Monitor in der Konsole. »Sind überhaupt Flugzeuge gemeldet!«

»Bist jetzt nicht.«

»Klasse.«

»Die können aber noch kommen.« Bob Lane stand auf und ging auf die Tür zu. »Sag mir dann Bescheid, Charly.«

»Willst du tatsächlich verschwinden?« »Ich hole Kaffee.«

»Dann bring mir was von der Brühe mit.« »Selbst schuld, dass du dich mit vergiften willst, alter Freund.«

»Wenn du bisher noch lebst, werde ich es wohl auch überstehen. Oder etwa nicht?«

»Ich habe auch einen Magen, der sogar einem Schluck Salzsäure widersteht.«

»Ach, so ist das.«

Bob Lane verließ den Lotsenraum, traf auf dem Gang einen Kollegen, der schon Kaffee geholt hatte. »Wie schmeckt er heute?« »Mies wie immer.«

»Toll, du kannst einem richtig Appetit machen.« »Brühe ist Brühe.«

Lane holte zwei Becher. Beide liefen fast bis zum Rand voll. Man musste die Dinger stets mit spitzen Fingern anfassen, sonst verbrannte man sich die Kuppen.

Eigentlich hatten er und seine Kollegen einen gemütlichen Job. Lane wollte unter keinen Umständen mit denen in Heathrow tauschen. Die standen unter Dauerstress. Ihr Flughafen lag östlich von London, nicht weit von der Küste entfernt und nahe der Stadt Rayleigh.

Die großen Düsenclipper landeten hier nicht, und erst recht keine Jumbos. Das Flugfeld war mehr für Sportmaschinen vorgesehen, auch für Wetterflugzeuge und Hubschrauber. In zahlreichen Hangars standen die Maschinen der Privatflieger. Viel Flugverkehr herrschte nicht, aber der Tower musste besetzt sein. Man arbeitete in drei Schichten rund um die Uhr.

Mit dem Fuß stieß Lane die Tür auf. Sein Kollege starrte auf den Bildschirm und sprach mit einem Piloten, der landen wollte. Lane nahm neben Charly Carson Platz. Die Becher stellte er ab. Eigentlich wollte er nicht hinhören, was sein Kollege mit dem Piloten redete, doch Charlies Lachen ließ ihn aufhorchen.

»Hören Sie, das haben Sie sich eingebildet.«

»Nein!« quakte die Stimme des Piloten so laut, dass auch Bob sie verstehen konnte. »Ich habe dieses Untier gesehen. Das war ein pechschwarzer Helikopter. Er befand sich im Anflug auf den Flughafen. Kam aus nördlicher Richtung.«

»Wir haben ihn aber nicht auf dem Schirm, Mister.«

»Dann taugen eben eure Geräte nichts.«

»Für Ihre Landung werden sie noch reichen. Over.«

»Was war denn?« fragte Lane, weil er sah, wie sein Kollege den Kopf schüttelte.

»Ein Spinner, ein blöder. Will mir erzählen, dass ein riesiger Hubschrauber Kurs auf uns genommen hat.«

»Kann doch sein.«

»Aber der Schirm ist leer. Schau doch.«

Lane sah auf seinen eigenen. »Möglicherweise fliegt das Ding so tief, dass wir es nicht sehen.« »Unsinn, Bob, der Kerl spinnt.« »Obwohl«, sagte Lane und griff nach seinem Becher. »Obwohl was?«

Lane trank erst mal einen Schluck. »Obwohl wir ja die Meldung bekommen haben, dass wir auf gewisse Objekte achten sollen, wenn ich mich recht erinnere.«

»Die Schwamm-Meldung?«

»Wieso das?«

»Der Text ist mir einfach zu schwammig abgefasst worden. Nichts Konkretes. Man erklärt uns nur, dass wir besonders auf unbekannte und nicht gemeldete Flugobjekte achten sollen.«

»Das ist doch schon was«, sagte Lane.

»Glaubst du an UFOs?«

»Bisher nicht.«

»Und ich auch nicht.« Charly trank einen Schluck von der Brühe und schielte auf den Schirm, wo die Maschine, mit dessen Piloten er gesprochen hatte, zur Landung ansetzte. Sie war bereits mit bloßem Auge zu erkennen, wie sie allmählich niederschwebte, das Leuchtband der Landebahn anflog und die Positionsleuchten blinkten.

Dann setzte sie auf.

Die Tragflächen wackelten ein wenig, ansonsten verlief die Landung glatt.

Der Pilot meldete sich noch einmal und gab bekannt, auf welchen Hangar er zurollen wollte.

»Ja, Roger!« bestätigte Charly.

»Kennst du den Piloten?« fragte Lane.

»Ja, das ist ein Unternehmer hier aus der Gegend. Er stellt Hallen in Leichtbauweise her. Das Fliegen gehört zu seinen Hobbys. Außerdem eilt er mit der Maschine

häufig von Termin zu Termin. Ich kenne ihn nicht gut, er hat es mir mal erzählt.«

»Also kein Spinner?«

»Nein.«

»Hm.« Lance legte die Stirn in Falten, was seinem Kollegen wiederum missfiel. »Sag nur, du denkst immer noch an diesen komischen Hubschrauber, von dem der Knabe berichtet hat.«

»So ist es.«

»Das ist doch Mist, einfach Dünnschiss. Darüber soll man nicht nachdenken. Der Schirm ist clean.«

Larte atmete tief durch. Er schaute durch die große Scheibe auf das Gelände des Airports, wo sich die grauen Landebahnen als helle, breite Streifen abzeichneten. »Wir werden sehen.«

»Das werden wir auch.«

Minuten vergingen. An diesem Abend

herrschte nicht viel Flugverkehr. Auch der über der See hielt sich in Grenzen. Militärmaschinen waren ebenfalls nicht unterwegs. Die Luftkorridore der großen Linienmaschinen lagen außerhalb der Radar-Reichweite des Geräts.

Es war im Prinzip verboten, den Raum der Flugsicherung im Tower zu betreten. Der zuletzt gelandete Pilot aber kümmerte sich nicht darum. Er stieß die Tür auf und kam wie ein Bulle vor. »Und ihr habt mir nicht geglaubt!« sagte er zur Begrüßung.

Carson schwang mit dem Stuhl herum. »Tut mir leid, Mr. Narrow, aber wir haben nichts auf dem Schirm. Bitte, Sie können sich selbst davon überzeugen.«

Narrow war hinter den beiden Männern stehengeblieben und starrte über ihre Köpfe hinweg. »Das will ich gar nicht«, erklärte er. »Was ich gesehen habe, das habe ich gesehen.«

»Einen Hubschrauber?« fragte Lane.

»Genau. Und mir wird im Nachhinein noch angst und bange, wenn ich daran denke.«

»Was ist an einem Hubschrauber so gefährlich?«

»Das kann ich Ihnen sagen. An dem war es die Größe und seine Farbe, verstehen Sie? Tiefschwarz, als hätte man ihn mit Kohle angestrichen. Ein regelrechtes Ungetüm, vor dem man Furcht bekommen kann. Ein Bote des Todes. Ich bin kein ängstlicher Mann, sonst hätte ich nicht den Pilotenschein gemacht, aber dieser Hubschrauber, der war schon schlimm, das kann ich euch sagen.«

»Gemeldet worden ist uns keiner«, sprach Lane

dazwischen.

»Dann fliegt er eben ohne Erlaubnis. Ich kam mir vor wie im Krieg. Ich bin sofort höher gestiegen, um aus seiner Reichweite zu gelangen. Tiefschwarz und über dem Vorderteil ein hellerer, flirrender Kreis.« Narrow zeichnete mit beiden Händen nach, was er meinte. Die Lotsen schauten ihn dabei zu, und sie sahen auch, wie das Gesicht des Piloten einen anderen Ausdruck annahm.

»Was ist denn?« fragte Lane.

Die Züge des Mannes schienen eingefroren zu sein. Sehr langsam hob er den Arm und streckte ihn zur großen Sichtscheibe hin aus. »Da«, flüsterte er. Da — er kommt... er fliegt genau auf uns zu, verdammt...«

Ich war mit meinem Bericht am Ende und hatte meinen Vater bleich werden sehen. Das Glas war längst leer, er hatte den Whisky in kleineren Schlucken genommen und während einer Atempause. Dann blickte er auf seine Frau. »Mary«, flüsterte er

und legte seine Hand auf die meiner Mutter. »Das... das habe ich nicht gewollt. Ich wusste nicht, dass sie schon so weit gehen würden.«

»Was ist eigentlich geschehen?« fragte ich. »Bisher habe ich die beiden Orientalen nur erlebt, weiß jedoch nichts über ihre Gründe und weshalb sie sich derart brutal verhalten haben.«

Mein Vater nickte mir zu. »Du hast recht, John. Du musst die Geschichte endlich erfahren, damit du auch weißt, weshalb ich dich zu uns gerufen habe.«

»Es geht um eine Waffe.«

»Richtig.«

»Nichts mit Atom?«

»Auch richtig. Es hörte sich eigentlich harmlos an, aber es ist ein Hubschrauber, ein Helikopter.«

Ich starrte meinen Vater ungläubig an. »Was hast du da gesagt, Dad? Ein Hubschrauber?«

»So ist es.«

»Das gibt es nicht.« Ich schlug mir gegen die Stirn, stand auf, lief zweimal durch das Zimmer, verfolgt von den Blicken meiner Eltern, und setzte mich wieder.

»Was hast du, Junge?« fragte meine Mutter.

Meine Worte unterstrich ich durch Gesten reiche Handbewegungen.

»Mutter, erinnere dich an den Anruf aus London. Es ging da um diesen Hubschrauber, von dem Dad gesprochen hat. Das ist diese Gefahr. Sogar ein Agent aus den Staaten ist deswegen zu uns gekommen. Und jetzt erzählt mir Vater davon. Ich kann es noch immer nicht fassen, welche Kapriolen das Schicksal schlägt.« Diesmal brauchte ich auch einen Schluck.

»Soll ich weitererzählen?«

»Natürlich, Dad. Wie kommst du mit den Leuten, die dahinterstecken, zusammen?«

»Sie haben sich an mich in meiner Eigenschaft als Anwalt gewandt, obwohl ich den Beruf nicht mehr ausübe. Ich sollte gewissermaßen als Vermittler fungieren.«

»Zwischen welchen Parteien?«

»Auf der einen Seite stehen unsere Gegner. Sie sind zusammengefasst in der Arabian Force. Ich sollte den Kontakt zur Regierung herstellen, das ist alles.«

»Worum ging es dabei genau?«

»Um eine gigantische Erpressung. Fünf Milliarden Pfund will die Arabian Force vom englischen Staat haben. Wenn nicht, will sie unsere Städte angreifen, und zwar mit ihrem Hubschrauber, dieser neuen Wunderwaffe, die als unzerstörbar gilt. Dieses fliegende Ungeheuer besteht aus einem Material, das selbst der Kraft von Raketen widersteht, und dafür gibt es Beweise, denn die Maschine wurde, als sie ein Boot der Marine angriff, von diesem aus beschossen. Man traf auch, aber die Salven und sogar die Raketen prallten ab.«

Ich ließ mir die Worte zunächst einmal durch den Kopf gehen, bevor ich fragte: »Was kann das für ein Material sein?«

»Ein Superstahl.«

Ich schüttelte den Kopf. »Ich habe andere Informationen. Mark Baxter erklärte mir, dass die Haut des Hubschraubers sogar relativ weich ist. Deshalb scheidet Stahl aus.«

»Das ist mir noch rätselhafter.«

»Mir bisher auch.« Ich beugte mich vor. »Dad, wenn es tatsächlich stimmt, was Mark Baxter mir da mitgeteilt hat, könnten wir davon ausgehen, dass es sich um ein Material handelt, das ich als magisch bezeichnen möchte.«

Mein Vater starrte mich an. »Du meinst, das fällt in dein Fach?«

»Ja. Mark Baxter denkt auch so. Aber lassen wir das mal vorneweg. Was ist mit dir?«

»Wie gesagt, ich sollte der Mittler zwischen den Parteien sein. Man nahm zunächst telefonisch mit mir Kontakt auf. Das lief über drei Gespräche. Die andere Seite rückte scheibchenweise mit der Wahrheit heraus und drohte mir zum Schluss damit, mich zu töten, wenn ich den Fall nicht übernahm.«

»Mehr ist noch nicht passiert, Dad?«

»Nein, ich gab dir Bescheid und wollte mich mit dir in meiner Jagdhütte treffen. Dass die Arabian Force ihre Drohung so schnell wahrmachen würde, damit habe ich nicht gerechnet.«

»Der zweite ist entkommen«, murmelte ich und wechselte wieder das Thema. »Der Hubschrauber ist über Europa gesichtet worden. Hast du schon Kontakt mit offiziellen Stellen aufgenommen?«

»Ja, heute. Mit dem Ministerium des Innern. Dort zeigte man sich nicht begeistert.«

»Kann ich mir denken. Nur wird man jetzt umdenken müssen.« Ich schnippte mit den Fingern. »Einen unserer Besucher habe ich im Keller einsperren können. Der zweite ist geflohen. Wir müssen jedenfalls ver- suchen, von diesem Gefangenen Informationen zu bekommen. Sonst haben wir überhaupt nichts in der Hand.«

»Ist der zweite Kerl tatsächlich weg?« fragte mein Vater.

»Das ist die Frage.«

»Dieser Mensch war so brutal«, flüsterte meine Mutter. »Dem stand der Mord in den Augen, das war auch bei seinem Kumpan so.«

»Ich werde mir den Zwerg mal aus dem Keller holen.«

Mein Vater schaute mich an. »Zwerg?« »Ja, der ist so klein.«

»Ach so.«

»Stell dich mal ans Fenster, Dad. Es kann sein, dass jemand ums Haus schleicht.«

»Du denkst an den zweiten?«

»Genau.«

Ich wandte mich an meine Mutter. »Sag mal, wie sind die beiden gekommen? Mit dem Wagen? Wenn ja, wo haben sie ihn dann abgestellt?«

»Das weiß ich nicht.«

Im Keller empfing mich die übliche Stille. Auch unser Gefangener sah keinen Grund, sich irgendwie bemerkbar zu machen. Ich schloss die Tür auf und sah ihn auf dem Boden liegen.

Nach einem Schritt stoppte ich, weil mir erst jetzt seine unnatürliche Haltung auffiel. Dann sah ich die Blutflecke auf dem Boden und wusste Bescheid.

Der Zwerg lebte nicht mehr. Trotz seiner durch die Fesselung bedingten unnatürlichen Haltung hatte er es geschafft, sich die Pulsadern zu öffnen.

Wie, darüber konnte ich nur spekulieren, bis ich das Blut an seinem Mund sah.

Ich schluckte, als ich daran dachte, daß er sich selbst mit den Zähnen getötet hatte. Was waren das nur für Menschen, die sich für so etwas hergaben. Für eine Sache, die sie als Heiligen Krieg bezeichneten, die dann in Mord, Tod und Grauen endete. Fanatiker, blinde Hasser, denen ihr eigenes Leben ebenso wenig etwas galt wie das der anderen. Ziemlich deprimiert ging ich zurück.

Meine Eltern fand ich noch im Wohnraum. Sie

wunderten sich darüber, dass ich allein zurückgekehrt war.

Und sie brauchten nur in mein Gesicht zu schauen, um erkennen zu können, dass etwas passiert war.

Mein Vater stand auf. »John...« Ich winkte ab.

»Er ist tot, Dad.«

»Nein!« flüsterte meine Mutter.

»Doch, er hat es geschafft, sich selbst zu töten, obwohl ich ihm die Handschellen angelegt hatte. Es tut mir leid, dass ich euch diese Schwierigkeiten bereitet habe.«

»Dafür kannst du doch nichts.«

»Richtig, Dad. Ich empfinde es trotzdem als eine Niederlage, dass mir dies widerfahren ist.«

»Setz dich, Junge.« Ich hatte noch Whisky im Glas und nahm einen Schluck. Er wärmte mich durch, es ging mir auch besser, aber die Vorwürfe blieben. Das hätte nicht zu sein brauchen. Vielleicht hätte der Mann geredet. Es war nicht mehr zu ändern.

Mein Vater nickte mir zu. »Du willst wieder zurück nach London?«

»So schnell wie möglich, obwohl ich auch Angst um euch habe. Ihr hängt mit drin, das ist es ja.«

»Ich glaube nicht, dass sie noch einmal bei mir anklopfen. Es wissen schon zu viele Menschen Bescheid, John. Sie können nicht mehr im Hintergrund bleiben.«

»Das sehe ich auch so.« Ich schaute gegen das Fenster und sprach mehr mit mir selbst.

»Da ist ein Mordkommando unterwegs und hat es tatsächlich geschafft, an eine Waffe heranzukommen, die unzerstörbar ist, wie man sagt.

Dad, das ist ein Teufelskreis. Diese Killer zusammen mit dem Hubschrauber...« Ich schüttelte den Kopf. »Die können ein Land in ein Chaos stürzen.«

»Es ist noch nichts passiert?«

»Keine Ahnung, Vater. Jedenfalls habe ich nichts dergleichen gehört. Was nicht ist, kann noch werden, wobei ich stark hoffe, dass es nicht dazu kommt.«

Meine Mutter hatte den Raum verlassen. Jetzt kam sie zurück, blieb aber an der Tür stehen. »Ich habe Kaffee gekocht. Du trinkst doch auch eine Tasse mit, John?«

»Gern.«

Sie ging wieder in die Küche und kehrte mit einem Tablett zurück. Der Kaffee duftete. Das Geschirr erkannte ich sofort. Meine Eltern benutzten es schon seit Jahren.

Plötzlich ging meine Mutter nicht mehr weiter. Sie wurde blass, begann zu zittern und starrte an uns vorbei auf das Fenster.

Ich flirrte herum.

Im gleichen Augenblick zerbrach die Scheibe. Nicht nur die Splitter wirbelten in den Raum, auch ein teuflisches, dunkles Ei.

Eine Handgranate!

Innerhalb von Sekunden waren auch die beiden Fluglotsen leichenblass geworden. Was sie sahen, ließ sie an ihrem Verstand zweifeln. Über das Gelände schwirrte ein pechschwarzes, riesiges Insekt aus Metall. Ein Monstrum.

Narrow begann zu schreien: »Verdammt, das ist er! Das ist dieser Hubschrauber. Ich werde verrückt. Und ihr habt mir nicht glauben wollen.«

Lane und Carson sagten auch jetzt nichts. Sie konnten nur staunen, aber sie bekamen auch Furcht, denn der Helikopter wirkte so, als würde er sich durch nichts aufhalten lassen.

Und er schlug zu.

Es war der reine Wahnsinn, denn aus irgendwelchen Löchern oder Düsen an der Seite sprühte Feuer.

Gewaltige Flammenarme strichen über den Boden. Sie küssten das Gras und den Beton auf ihre Weise, und plötzlich vereinigten sich die Feuerströme zu einer gewaltigen Wand, die in den dunklen Nachthimmel stieg und einen regelrechten Vorhang bildete.

»Raus!«

Die Lotsen waren von ihren Sitzen hochgesprungen. Sie drehten sich und rannten Narrow, der nicht schnell genug zur Seite gesprungen war, fast noch um.

»Kommen Sie mit!« schrie Lane.

Da platzte die Scheibe. Sie hörten einen gewaltigen Knall. Plötzlich segelten die dicken Splitter in den Raum. Der Motorenlärm steigerte sich zu einem höllischen Inferno, die Hitze des Feuers traf die Männer wie ein Schock aus der Hölle, und es gelang ihnen soeben noch, auf den Gang zu flüchten.

Alarmsirenen jaulten. Kollegen stürzten ihnen in wilder Panik entgegen. Niemand wusste, was genau geschehen war.

»Das ist ja wie im Krieg!« schrie einer. »Verdammt, wer ist da gekommen?«

Er bekam keine Antwort. Lane und Carson waren zusammen geblieben. Sie hetzten durch die

Gänge, um so rasch wie möglich den Ausgang zu erreichen. Wieder empfing sie ein Inferno. Flammen fauchten und knatterten, der Motorenlärm verwandelte sich in eine Sinfonie des Schreckens, die Angst peitschte die Männer weiter, aber sie blieben stehen, denn sie sahen ein schauriges Bild.

Die Rollbahnen brannten!

Ein Gebilde aus gewaltigen Flammenzungen um loderte sie. Das Feuer tanzte, bewegte sich, wanderte und hatte bereits einige der im Freien abgestellten Flugzeuge erfasst.

Der tödliche Gruß vernichtete sie radikal. Sie explodierten unter der mächtigen Hitze. Auseinander gerissen in zahlreiche Teile, sprühten sie davon, und über allem schwebte der Horror-Helikopter wie ein monströser Bewacher.

Die Zeugen schauten ohnmächtig zu, wie ein Teil ihres Airports zerstört wurde. Niemand hielt die Flammen auf. Löschfahrzeuge rollten erst jetzt heran, aber sie waren zu spät gekommen, das Feuer hatte sich schon zu stark ausbreiten können.

Der Widerschein des Feuers tauchte auch den Nachthimmel in ein gespenstisches Licht. Er schleuderte ein Muster in die Dunkelheit, das sich ständig änderte und immer neue Formen bildete. Es floss auch über die Außenhaut des Hubschraubers, tastete sich an den Fenstern entlang, hinter denen manchmal die Gestalten der Besatzung erschienen.

Keiner der Zeugen konnte die Männer genau erkennen. Keiner war in der Lage, Beschreibungen zu geben, sie mussten nur zusehen, dass sie sich so weit wie möglich von den Flammen entfernten, um nicht auch noch erwischt zu werden.

Lane und Carson hielten sich so weit von den Flammen entfernt auf, dass sie den Hitzeschleier nur als Hauch spürten. Narrow torkelte auf sie zu. Der Mann war fassungslos. Mit wilden Handbewegungen deutete er auf die über dem Feuer schwebende Maschine.

»Das ist wie ein Weltuntergang!« keuchte er.

Die Lotsen kümmerten sich nicht um ihn. Carson wandte sich an seinen Kollegen. »Kannst du den Hubschraubertyp erkennen?«

»Nein.«

»Ich auch nicht. Das muss eine neue Konstruktion sein.«

»Aber wer fliegt so etwas?«

»Keine Ahnung.«

Der Hubschrauber stieg wieder. Niemand hätte sagen können, wie lange er über dem Rollfeld geschwebt hatte, die Zeit war nicht mehr wichtig. Das unheimliche und ungewöhnliche Ereignis hatte alle in seinen Bann gezogen.

So wie er angeflogen war, entschwand er auch wieder. Ein unheimlicher Schatten, begleitet von überlauten Geräuschen, vom Hall des Motors und Rotors, dem Widerschein entschwindend und hineinsteigend in den dunkelgrauen Nachthimmel.

Ein Alptraum näherte sich dem Ende. Zurückgeblieben waren die Feuerwand und hilflose Menschen, die gerade noch mit dem Leben davongekommen waren.

Bob Lane sprach dass aus, was alle dachten. »Wer war das?« ächzte er,

»Wer zum Henker?«

Es war niemand da, der ihm eine Antwort hätte geben können...

Uns blieb nur eine Chance. Ich musste einfach schneller sein als die verdammte Handgranate und — wenn es eben ging — das Höllenei wieder zurückschleudern.

Zum Glück hatte es der Lockenkopf weit genug in den Raum hinein geschleudert, so dass es praktisch in meine unmittelbare Nähe gelangte und ich es mit einem Sprung erreichen konnte.

Meine Eltern saßen wie festgefroren auf ihren Plätzen. Sie waren einfach nicht in der Lage, sich zu rühren. Ich aber sah, dass die Handgranate genau auf der Sitzfläche eines leeren Sessels landen würde.

Im nächsten Augenblick hatte ich sie!

Meine Faust schloss sich um das Metallei, und ich schleuderte es noch in derselben Sekunde zurück, ohne dass es explodierte. Es wirbelte durch das zerstörte Fenster. Ich riss meine Mutter trotzdem von ihrem Platz herunter, warf sie zu Boden und schützte sie mit meinem Körper.

Dann detonierte die Handgranate.

Die starken Hausmauern hielten dem Druck stand. Einige Restsplitter flogen noch aus dem Rahmen und wirbelten in den Wohnraum. Von der Druckwelle erreichte uns so gut wie nichts mehr.

Unter mir zitterte meine Mutter. Ich wartete noch einige Sekunden ab, dann drückte ich mich hoch und zog auch meine Mutter wieder auf die Beine.

»Bleibt ihr hier!« rief ich den Eltern zu. »Ich hole mir den Hundesohn!«

Wie ein Blitz wischte ich aus dem Zimmer. Mit Riesenschritten durchquerte ich den Flur, beging jedoch nicht den Fehler, die Haustür aufzureißen und nach draußen zu stürmen. Wie leicht konnte ich in eine Falle rennen.

An der Tür blieb ich stehen. Die kühle Winterluft wehte mir entgegen. Die grauen Wolken hatten sich etwas verschoben. Sonnenlicht funkelte durch die Lücken.

Ich hatte die Beretta gezogen und schaute auf den mit Bäumen bewachsenen Platz vor dem Haus. Ich sah meinen Wagen, auch den meines Vaters, sonst nichts.

Der Krauskopf hielt sich verborgen.

Wahrscheinlich steckte er an der rechten Seite des Hauses, wo sich auch der Wohnraum befand. Sicher war das nicht...

Noch einmal holte ich Luft. Dann jagte ich mit einem

Sprung über die Schwelle, blieb stehen, schaute mich um, erwartete den Angriff - und wurde in Ruhe gelassen.

Nichts war zu sehen.

Mein Arm mit der Beretta sank nach unten. Ich suchte nach einem Versteck, wo sich der Krauskopf möglicherweise verborgen haben könnte, lief auf die Hausmauer zu und hielt mich in deren Deckung, bis ich die Ecke erreicht hatte.

Ich peilte um sie herum.

Die Handgranate hatte auf dem Boden einen Trichter hinterlassen. Er sah aus, wie mit der Faust hinein gestampft. Derjenige, der sie geworfen hatte, war verschwunden.

Er zeigte sich auch in den nächsten beiden

Minuten nicht, als ich die Umgebung des elterlichen Wohnhauses absuchte.

Mein Vater erschien in der offenen Tür. »Nichts?« rief er mir fragend entgegen. »So ist es.«

Er kam zu mir. »Der Mann wird geflohen sein, nachdem er eingesehen hat, dass hier nichts mehr zu holen ist.«

Ich hob die Schultern.

Neben mir blieb der alte Herr stehen. »Ich kann verstehen, John, wie es in dir aussieht, aber du brauchst dir um uns keine Sorgen zu machen. Deine Mutter und ich kommen schon allein zurecht, glaube es mir. Tu du deinen Job. Du musst nach London, du wirst dort gebraucht. Es bahnen sich schreckliche Dinge an.«

»Ja, ich weiß.«

Mein Vater lachte. »Überzeugend klang das nicht. Junge. Ich habe auch mit Mutter gesprochen. Sie vertritt die gleiche Ansicht wie du. Alles klar zwischen uns?«

»Okay, Dad. Trotzdem wird die Sache noch ein Nachspiel haben. Wir müssen den Toten abholen lassen.«

»Das besorge ich.«

»Ist Sergeant McDuff nicht da?«

»Er kommt am Abend zurück.«

»Dann leite alles in die Wege.«

»Mache ich, John.«

Ich ging wieder zurück ins Haus, wo meine Mutter bereits mit einem Glaser telefoniert hatte, der versprach, noch am selben Tag vorbeizukommen und sich den Schaden anzusehen. Er würde auch die Scheibe ersetzen.

»Es ist schade, Junge, dass du wiedergehen musst. Ich hätte dich gern ein paar Tage verwöhnt.«

»Ich wäre auch gern geblieben, Mutter. Aber du weißt ja, wie das ist. Die Pflicht ruft.«

»Ja, das kenne ich von deinem Vater. Auch er hat stets die gleichen Ausdrücke benutzt.«

»Sollte ich noch einmal einen Anruf der anderen Seite bekommen, John, werde ich dich sofort informieren!«

»Darum bitte ich auch.«

»Ich glaube es aber nicht. Die Leute werden wahrscheinlich eingesehen haben, dass wir uns nicht erpressen lassen. Es geht auch nicht an, dass diese Terroristen einen Staat und dessen Bewohner einfach in die Knie drücken. Das ist wieder jegliches Recht.«

»Natürlich.«

Meinen Koffer hatte ich erst gar nicht ausgepackt. Er befand sich noch im Wagen.

Mit einem unwohlen Gefühl verabschiedete ich mich von meinen Eltern. Gern ließ ich die beiden nicht allein. Jetzt hätte ich mir wirklich gewünscht, mich halbieren zu können oder eine Doppelexistenz zu besitzen. Das war leider nicht möglich.

Vor mir lag eine lange Fahrt. Ich war gespannt darauf, was sich in London getan hatte...

Mark Baxter war im Hyde Park Hotel abgestiegen. Dort hatte er sich auch mit Suko verabredet. Der CIA-Agent war ebenso frustriert wie der englische Yard-Beamte, denn beide befanden sich in der Defensive. Bisher hatte nur die andere Seite agiert, Drohungen waren ausgesprochen und glücklicherweise noch nicht in die Tat umgesetzt worden.

Baxter wartete in der Bar. Vor ihm stand ein Fruchtsaft-Flip. Auf Alkohol wollte er verzichten.

Noch einmal dachte er daran, wie er entkornmen war. Er hatte sich als Unsichtbarer förmlich aus der Maschine heraus gemogelt und war anschließend geflohen.

Mark konnte sich nur einmal innerhalb von 24 Stunden unsichtbar machen, und das wiederum nur für zwei Stunden. In dieser Zwischenzeit hatte er eine kurvenreiche Strecke zurückgelegt, und es war ihm auch gelungen, über die Grenze zu entwischen und einen Kontaktmann anzulaufen. Der Rest war ein Kinderspiel gewesen. Seine Gedanken beschäftigten sich auch mit Jubal King, dem Kollegen. Er hatte dieser grauenhaften Zange nicht mehr entwischen können und sein Leben in der Wüste verloren. Irgendwann würde sein Skelett dort in der Sonne bleichen.

In der Zentrale hatte man die Nachricht vom Ableben Jubal Kings mit Bestürzung aufgenommen. Man war sonst nicht so pingelig, aber King hatte zu den besten Männern gezählt.

Irgendwann einmal erwischt es dich auch, dachte Mark und strich über sein Haar. Dann ist alles vorbei und man wird dir auch einen Nachruf schreiben.

Die Hotelbar war im Stil eines englischen Pubs eingerichtet. Es herrschte rötlich schimmerndes Mahagoniholz vor. Messing und Spiegel gaben dem Raum einen kostbar anmutenden Touch. An diesem Abend hielten sich nicht allzu viele Gäste auf, es war vielleicht auch zu früh. Eine Frau betrat die Bar. Mark sah es im Spiegel hinter der Theke. Durch die zurückschwingende Tür verzerrte sich ihre Gestalt etwas, aber diese Frau war es wert, einen zweiten Blick zu riskieren. Deshalb drehte sich Baxter um.

Sie war nach der neuesten Mode gekleidet. Der dunkle Ballonrock ließ viel von ihren schlanken Beinen sehen. Die kamelhaarfarbene Jacke aus Kaschmir stand ihr ausgezeichnet. Die Kette hatte auch ein kleines Ver- mögen gekostet, die drei Ringe an den schlanken Fingern ebenfalls. Und die dunklen Nylons zeigten ein Muster aus Schmetterlingen.

Sie trug das schwarze Haar ebenfalls modisch kurz, gekämmt wie bei einer Männerfrisur mit einem Scheitel. Auf der längeren Seite schimmerte der silberne Rand eines Perlmuttkamms.

Sie ging zur Bartheke. Eine Engländerin schien sie nicht zu sein, Mark tippte eher auf eine Südländerin. Zwei Hocker neben ihm fand sie ihren Platz und bestellte ein Glas Champagner.

Die Frau gefiel dem CIA-Agenten. Nur war Dienst gleich Dienst, und Schnaps war Schnaps.

Er schaute auf die Uhr und stellte fest, dass Suko sich verspätet hatte. Es war zwischen ihnen zwar keine genaue Uhrzeit abgemacht worden, dennoch hätte er ruhig schon da sein können.

Sie bekam ihren Champagner und fasste das langstielige Glas mit spitzen Fingern an. Genüsslich trank sie den ersten Schluck. Mark konnte förmlich sehen, dass sie sich daran ergötzte, wie der Champagner über ihre Zunge perlte.

Sie war eine Genießerin.

Es war fast wie im Kino. Die Frau griff in ihre kleine Tasche und holte ein schmales Zigaretten-etui hervor. Als sie es aufklappte und ein Stäb-chen hervor nahm, schaute sie bereits in die schmale Flamme, die aus der Düse eines Feu-erzeugs stieg, das Mark Baxter ihr hinhielt.

»Danke«, sagte sie.

»Keine Ursache. Sie wohnen auch hier im Ho-tel?«

»Nein.« Während der Antwort schaute sie stur geradeaus und dem Rauch nach, der aus ihrem gespitzten Mund strömte. »Ich bin eigentlich ge-kommen, um jemand zu treffen.«

»Genau wie ich, Lady. Da haben wir etwas ge-meinsam.«

Sie stäubte Asche ab und lächelte dabei. »Sie sind doch Mark Baxter — oder irre ich mich.«

Baxter verbarg seine Überraschung. »Nein, Sie irren sich nicht, Lady. Ich bin es tatsächlich.«

»Dann wollte ich Sie treffen.«

»Das finde ich hervorragend. Wer hat schon die Chance, mit einer so außergewöhnlichen Frau zu reden.«

»Außergewöhnlich, sagen Sie?«

»Ja.«

»Da haben Sie recht, Mr. Baxter. Ich bin wirk-lich außergewöhnlich. Ich bin nämlich hier er-schienen, um Ihnen mitzuteilen, dass Sie keine Chance haben.«

Sie hatte den letzten Satz so locker dahinge-sagt, aber

Mark brauchte jetzt einen Schluck, um nach-denken zu können. Er setzte das hohe Glas ab, schaute nach links und nickte der Unbekannten zu.

»Ich habe also keine Chance.«

Sie drückte die Zigarette aus. »So ist es.«

»Gegen wen haben wir keine Chance, Miss Unbekannt.«

»Das Miss Unbekannt können Sie weglassen. Ich heiße übrigens Olivia Sardi.«

»Gut, Miss Sardi. Damit haben Sie meine letzte Frage noch nicht beantwortet.«

»Ist Ihnen die Gruppe Arabian Force ein Begriff?«

»Das schon.«

»Ich gehöre zu ihr.«

Mark nickte. »Das ist außergewöhnlich. Sie gestatten, dass ich Ihnen dazu nicht gratuliere.« »Das kann ich verstehen.«

»Haben Sie mir etwas mitzuteilen, Miss Sardi?«

»Im Prinzip schon. Es wäre wirklich besser, wenn die englische Regierung fünf Milliarden Pfund bereithielte, um damit die Probleme aus der Welt schaffen zu können.«

»Ich sehe keine Probleme?«

«Tatsächlich nicht?« Die rot angemalten Lippen kräuselten sich zu einem Lächeln. »Hat man sie nicht in die Wüste geschickt, um etwas herauszufinden?«

»Das wissen Sie auch?«

»Ja. Ihr Kollege starb. Ich frage mich allerdings, wie es Ihnen gelungen ist, unserer Mannschaft zu entkommen.«

»Das ist mir auch ein Rätsel.«

Olivia Sardi glaubte Mark nicht. Sie starrte ihn aus ihren dunklen Augen an. Die Pupillen hatten die Farbe von Kohle. »Etwas ist mit Ihnen, Baxter, das spüre ich.«

»Ich bin völlig normal, tut mir leid.«

»Ja, ja... aber weiter. Wir brauchen das Geld. Bekommen wir es nicht, wird die Hölle los sein.« »Ihr Hubschrauber?«

»Genau. Er ist, wie Sie vielleicht wissen, kugelfest. Auch Raketen widersteht er, und die Besatzung werden Sie ebenfalls nicht leicht vernichten können.«

»Das ist also die Arabian Force?« Sie nickte.

»Und aus welchen Personen setzt sie sich zusammen?«

»Es sind Männer, die...«

»Männer?« Mark lachte auf und unterbrach die Frau damit. »Das sind keine Männer, auch keine Menschen. Wissen Sie, was ich denke, Miss Sardi? Wir haben es hier mit Untoten zu tun, mit Zombies, wenn Sie verstehen, Madam.«

»Damit liegen Sie gar nicht mal so falsch, Mark. Es sind tatsächlich ungewöhnliche Gestalten. Wir sind gestärkt, wir wissen mehr als die meisten Menschen. Wir haben lange geforscht, und es ist uns gelungen, den Stein der Weisen zu entdecken. Uns kann der Tod nicht mehr schrecken. Kann man Tote noch einmal töten?«

»Im Regelfall nicht. Es gibt allerdings Ausnahmen.«

»Das mag sein, nur sind die selten. Sie verstehen?«

»Nicht alles«, sagte Mark und schaute zu, wie sie den Champagner schlürfte und ihre rechte Zeigefingerspitze am äußeren Glasrand auf- und abfuhr, als sie das Gefäß geleert hatte. »Ich würde gern wissen, wer die Arabian Force anführt. Wer ist ihr Chef, ihr Boss, ihr General?«

Mark bekam die Antwort nicht sogleich, denn der Keeper erkundigte sich, ob die Lady noch etwas trinken wollte.

»Ja, bitte, ich nehme noch ein Glas. Er ist übrigens hervorragend.«

»Vielen Dank, Madam.«

Olivia Sardi legte den Kopf zurück und schaute gegen die Decke. Sie sah aus wie eine Frau, die erst noch nachdenken musste, um die richtigen Worte zu finden. »Wissen Sie, Mr. Baxter, unser Anführer ist ein Mensch, nein, der Ausdruck wäre falsch. Er ist eine Person, die alles in den Schatten stellt.«

»Wie heißt er denn?«

»Shive. Nadir Shive.«

»Sorry, aber von ihm habe ich noch nichts gehört? Muß wohl eine Bildungslücke sein.«

»Werden Sie nicht spöttisch, dazu haben Sie keinen Grund. Wäre er anwesend gewesen, hätten sie das Zelt nicht mehr lebend verlassen. Das nur am Rande. Er ist etwas Besonderes, weil er sich mit Dingen auskennt, die längst vergessen waren. Er kennt die orientalische Mystik, er weiß um viele, tiefe Geheimnisse, er ist einfach wunderbar.«

»Eine Art von Übermensch...«

»Nein, Mr. Baxter, Sie irren. Kein Übermensch und auch kein Mensch in dem Sinne.« »Ebenfalls ein Zombie?«

»Wenn Sie so wollen, ja«, gab sie offen zu. »Aber kein Zombie, wie Sie diese Gestalten kennen. Keine lebende Leiche, wie sie durch die Gegend torkelt, nachdem sie ein Grab verlassen hat. Nein, Nadir Shive ist anders, ganz anders. Er gehört zu den Wesen, die dank ihres tiefen, auch magischen Wissens die Rätsel der Welt lösen können. Andere folgen ihm. Er ist der geborene Führer.«

»Auch für Sie?«

Olivia bekam ihr zweites Glas. »Natürlich, auch für mich. Ich bin seine Botschafterin, ich gehöre an seine Seite, ich werde von ihm lernen und auch das große Ziel erreichen.«

»Sprechen Sie damit die Unsterblichkeit an.« »Gut kombiniert.«

Mark gestattete sich ein spöttisches Lachen. »Aber Geld benötigen Sie. Es muß etwas Profanes sein, wenn man seine Ziele so hochsteckt, wie Sie es getan haben.«

»Ja, Geld ist wichtig. Später wird es nicht mehr zählen, wir aber wollen unsere Organisation ausbauen. Sie verstehen sicherlich. Wir befinden uns erst am Beginn.«

»Mit einem Hubschrauber.«

»Auch das ist wahr.«

»Mich würde es interessieren«, sagte Mark, »aus welch einem Material er besteht. Ich bin nahe an ihn herangekommen, ich habe ihn sogar anfassen können. Meine Hände glitten über die Außenfläche, und sie fühlte sich ungewöhnlich weich an. Ich hatte sogar den Eindruck, über hartes Gummi zu streichen.«

Olivia Sardi hatte Mark bei seinen Worten beobachtet. Jetzt lächelte sie ihn kalt an. »Ja, Sie haben einen guten Blick für gewisse Dinge. Er besteht tatsächlich aus einem besonderen Material. Es wurde über den eigentlichen Stahl gezogen.«

»Und was ist es?«

»Sie scheinen es tatsächlich nicht zu wissen, wenn Sie so danach fragen.«

»Das sagte ich Ihnen.«

»Das Äußere des Hubschraubers besteht tatsächlich aus etwas Besonderem. Oder würden Sie die Haut eines Dämons zu den simplen Dingen im Leben zählen?«

Baxter bekam fast einen Schluckauf. »Was haben Sie da gesagt?« fragte er, »aus der Haut eines Dämons?«

»Ja, aus seiner, aus Nadir Shives.«

Baxter wußte nicht, ob er lachen oder weinen sollte. Er fühlte sich auf den Arm genommen und starrte die Frau an, als säße vor ihm das achte Weltwunder.

»Mister Baxter?« Der Keeper hatte den Namen gerufen und schaute in die Bar hinein.

»Hier, ich.« Die Stimme hatte Mark aus seinen Gedanken gerissen.

»Telefon für Sie.«

»Danke«, sagte Mark, als er den Hörer gereicht bekam. Olivia Sardi schaute bewusst auf ihr Glas. Sie tat so, als würde das Gespräch sie nicht interessieren.

»Ich bin es!« hörte Baxter die Stimme des Chinesen Suko. »Tut mir leid, dass ich nicht kommen konnte.«

»Heißt das, du...?«

»Ich werde wohl noch erscheinen, aber es ist etwas passiert, das uns beide etwas angeht. Der Hubschrauber hat zum ersten Mal in England zugeschlagen.«

»Nein . . .«

»Hör zu. Er tauchte über einem Flugplatz auf, dann regnete es plötzlich Feuer...«

Mark Baxter hörte sich den Bericht an, und sein Gesicht wurde dabei lang und länger. Er spürte das eiskalte Rieseln auf seinem Rücken. Mindestens so kalt wie der Champagner, den die Frau neben ihm genussvoll in den Mund fließen ließ.

»Ich danke dir«, sagte Mark zum Schluss, bevor er auflegte, das Telefon über die Theke schob und gegen das Holz starrte.

»Schlechte Nachrichten?« fragte die Sardi.

»Wie kommen Sie darauf?«

»Ich sehe es Ihnen an.«

»Ach so.«

Sie drehte ihr Glas zwischen den Fingern.

»Manchmal, Mr. Baxter, können auch Flughäfen brennen, und jetzt müssen wir beide e i n - mal zur Sache kommen, wie mir scheint...«

Mark hätte die Frau am liebsten vom Hocker gezogen, doch er beherrschte sich. Nur keine Schwäche zeigen, nur cool bleiben, und so cool wie möglich fragte er auch: »Sie sind darüber informiert?«

»Natürlich. Es ist einer der Gründe, weshalb ich mich bei Ihnen aufhalte, Mr. Baxter.«

»Okay, ich habe erfahren, was passiert ist.«

»Das ist gut.«

»Wie geht es weiter?«

Sie lächelte maliziös. »Das ist im Prinzip ganz einfach, Mr. Baxter. Sie haben erfahren, was geschehen ist. Noch sind keine Menschen zu Schaden gekommen, aber das kann sich ändern. Fs war gewissermaßen die erste Warnung. Die nächste wird stärker sein. Dann nämlich wird der Hubschrauber eine Stadt angreifen.«

»Sie sind wahnsinnig!«

»Nein, ich bin Realistin. Fs liegt bei Ihnen, ob es tatsächlich Tote gibt oder nicht.«

»Was können wir tun?«

»Zahlen, Mr. Baxter.«

»Fünf Milliarden Pfund.«

»Genau diese Summe. Falls es für die Engländer zu schwierig ist, das Geld aufzutreiben, können Sie sich ja an Ihr Land wenden. Sie sind doch ebenfalls mit eingestiegen, haben praktisch die Initialzündung zur Fahndung gegeben.«

»Bis wann wollen Sie das Geld?«

»Tja, das ist ein Problem. Es wird nicht einfach für Sie sein, denke ich mir, aber nicht unmöglich!«

»Bis wann also?«

»Morgen Abend, um 19:00 Uhr!«

Mark starrte sie an wie einen Geist. »Sie können nicht normal sein, Miß Sardi. Das ist wahnsinnig, das ist unmöglich...«

»Ist es nicht. Fs sei denn, Sie nehmen in Kauf, daß es zahlreiche Tote gibt.«

»Das würden Sie zulassen?«

»Weshalb nicht?« fragte sie erstaunt.

Baxter schüttelte den Kopf. »Verdammt, ich verstehe Sie nicht. Sie sind eine Frau...«

»Kommen Sie mir nicht mit Dingen, die im letzten Jahrhundert modern gewesen sind. Diese Zeit ist längst vorbei. Ob Frau oder Mann — was spielt es für eine Rolle, wenn es um ein gemeinsames Ziel geht. Wir, die Arabian Force, haben ein gemeinsames Ziel. Wir werden den Kampf in die Welt hinaustragen, die Welt erobern, aber dazu brauchen wir Geld, das Sie bis morgen Abend zu zahlen haben.«

»An wen?«

»Weshalb sitze ich wohl hier! Ich werde morgen Abend wieder hier sein und den Scheck in Empfang nehmen. Anschließend wird es einen Blitztransfer auf ein Konto in Zürich geben, und damit ist die Sache geregelt. Wenn von dort das Okay kommt, können Sie die übernächste Nacht beruhigt verbringen.«

Mark schaute die Frau an. »Und Sie haben keine Furcht davor, daß ich Sie als Geisel nehmen könnte, besser gesagt, als Pfand?«

»Ich bitte Sie. Das ist doch lächerlich. Nein, das werden Sie nicht wagen. Es sei denn, Sie pokern gern mit Menschenleben.« Sie schaute auf ihre Uhr, an dessen Seite Diamantsplitter blitzten. »Für mich wird es Zeit,

Mr. Baxter. Morgen Abend erwarte ich Sie hier. Mit einem Scheck über fünf Milliarden Pfund. Das ist alles.«

Baxter nickte. »Ja, ist schon okay. Ich werde sehen, was sich machen lässt.«

»Das meine ich auch.« Mit einer grazilen Bewegung rutschte sie vom Barsessel. Ein Geldschein flatterte auf die Theke. »Ohne Wechselgeld bitte«, sagte sie dem Keeper.

Dann ging sie.

Nein, sie schritt wie eine Königin der Glastür entgegen, und Mark Baxter zahlte ebenfalls. Auf keinen Fall wollte er die Person aus den Augen lassen. Sie war von ihrem Plan so überzeugt, daß man sie nicht gehen lassen konnte.

Vielleicht führte sie Mark auf die Spur dieses Mannes, der hinter allem steckte.

An der Garderobe streifte die Frau ihren kostbaren Zobel über und verließ das Hotel. Olivia warf nicht einen Blick zurück, sie fühlte sich ungemein sicher.

Taxis waren ebenfalls genug vorhanden. Innerhalb von Sekunden hielt der Wagen neben ihr.

Mark Baxter huschte davon. Er wollte nicht noch im letzten Augenblick entdeckt werden, aber er schaffte es, sich rechtzeitig genug einen zweiten Wagen zu besorgen.

»Fahren Sie Ihrem Kollegen nach.«

Der Driver lachte. »Sie meinen der schönen Frau.«

»Auch das.«

»Wie Sie wollen.«

Glücklicherweise regnete es nicht. Die Sicht war auch in der Dunkelheit relativ gut. Mark dachte darüber nach, wo sich die Frau wohl hinwenden könnte. Er war sehr überrascht, als er erkannte, dass der Wagen vom Hotel aus nicht in Richtung Stadt fuhr, sondern auf die breite Straße, die The Catriage Road heißt, an der Südgrenze des Hyde Park entlangführte, später nach Norden abzweigte und tiefer in den Park hineinstach, wobei sie an der nördlichen Grenze, in der Höhe von Marble Arch, sich wieder in den normalen Straßenwirrwarr der City einordnete.

Am Alexandra Gate bogen sie nach Norden ab. Der Park schluckte sie. Bei diesem Wetter war nie viel los. Er war fast menschenleer.

Zwei Autos hatte der Driver zwischen sich und seinen Kollegen gelassen, so fiel eine Verfolgung kaum auf.

Plötzlich stoppte das erste Taxi.

»Halten Sie auch an!«

»Klar doch!«

Mark hielt den Geldschein bereits in der Hand. Er warf ihn dem Driver rüber, kaum dass der Wagen stand. Mark hatte gleichzeitig die Tür geöffnet und huschte aus dem Auto. Er lief geduckt bis zu einem Gebüsch, das er als Deckung nutzte.

Auch Olivia Sardi war ausgestiegen. Sie gab sich sehr lässig, wartete noch, bis ihr Taxi davongefahren war, und ging auf einem schmalen Weg tiefer in den Park hinein.

Der Hyde Park in London ist zwar nicht mit dem Central Park in New York zu vergleichen, aber für eine allein daher gehende Frau ist auch er ein gefährliches Pflaster. Es lauern immer wieder finstere Gestalten, die auf schnelles Geld aus sind.

Die Sardi tat völlig unbefangen. Sie ging in die Tiefe des Parks hinein, überquerte eine kleine Brücke, passierte leere Ruhebänke und gelangte dorthin, wo die Bepflanzung dichter wurde und schon waldähnliche Züge annahm.

Mark folgte ihr nicht auf dem Weg. Er lief quer über den Rasen, parallel zu ihr, verlor sie zwar manchmal aus den Augen, orientierte sich jedoch an ihren Schrittgeräuschen, die plötzlich verstummten.

Auch Mark blieb stehen. Nicht weit entfernt wuchs eine dunkle Hecke. Jenseits davon musste die Sardi stehen.

Mark bewegte sich lautlos auf die Hecke zu,

stellte sich auf die Zehenspitzen und konnte über sie hinweg schauen.

Er sah ein kurzes Flackern, dann einen glühenden Punkt. Die Frau hatte sich eine Zigarette angezündet. Rauchend ging sie weiter.

Baxter war fest davon überzeugt, dass sie nicht ohne Ziel durch den nächtlichen Hyde Park schlenderte. Bestimmt wollte sie jemand treffen.

Vielleicht diesen Nadir Shive?

Nichts Besseres hätte Mark passieren können, aber er sollte noch mehr überrascht werden, denn plötzlich hörte er ein bekanntes Geräusch. Das Knattern eines Hubschraubers.

Der Agent blieb stehen. Unwillkürlich schaute er in den Himmel. Er wollte einfach sehen, wo dieser Helikopter geblieben war. Noch verbarg ihn die schützende Dunkelheit, wenige Sekunden später löste sich aus ihr ein unheimlicher Schatten, ein kompaktes Phantom, eingehüllt in einen brausenden Windkreisel.

Mit allem hätte Mark Baxter gerechnet, nur nicht mit dem Erscheinen dieses unheimlichen Monstrums. Der Helikopter schwebte noch näher, und von einem Scheinwerfer löste sich plötzlich ein breiter Lichtbalken, der zunächst geschwenkt wurde und schließlich das Ziel traf.

Es war Olivia Sardi!

In den Balken hinein fiel eine Schlange. Jedenfalls sah dieser Gegenstand so aus, der von oben herab peitschte. Eine Schlange war es nicht, dafür eine Strickleiter, die Olivia Sardi geschickt auffing. Behände kletterte sie hoch.

»Baxter!« Sie schrie Marks Namen mit so lauter Stimme, dass diese selbst das Motorgeräusch übertönte.

Mark ging das volle Risiko ein und stieß bis zum Rand des Lichtkegels vor.

»Wir haben dir noch etwas mitgebracht, Baxter! Es ist dein Kollege!« Die Sardi lachte und kletterte weiter.

Ein Gegenstand löste sich aus der offenen Luke. Er fiel nach unten, prallte auf den Rasen und zerbrach dort, während der Hubschrauber an Höhe gewann und in den Nachthimmel stieg.

Zum Abschied spürte Baxter noch den Wind, der seine Haare in die Höhe wirbelte und die Zweige des Buschwerks peitschte. Dann fiel er neben dem Gegenstand in die Knie.

Es war ein Skelett!

Blank die Knochen, ohne Hautreste.

Der Agent wusste sofort, wer dieses Skelett einmal als Mensch gewesen war.

Sein Kollege Jubal King!

Baxter stieß den Arm in die Höhe. Mit geballter Hand drohte er dem Himmel.

Eine lächerliche Geste und gleichzeitig ein Zeichen seiner eigenen Verzweiflung.

Diesmal wurde er das Gefühl nicht los, dass ihm die andere Seite überlegen war...

So dachten auch Suko und Sir James Powell, die Mark Baxter im Büro des Inspektors antraf. Die beiden schauten ebenso betreten wie er selbst. Er hatte nach seinem Erlebnis im Park mit ihnen telefoniert. Nach dem Hubschrauber war gefahndet worden. Natürlich erfolglos. Dieser Helikopter stand tatsächlich mit dem Teufel im Bunde.

»Was sollen wir machen? Was können wir

machen?« fragte Sir James. Er schaute beide Männer an. »Nichts«, sagte Suko.

»Die Erpressung steht!« fügte Mark hinzu.

»Das ist verrückt!« rief Sir James. Suko hatte ihn selten so erregt gesehen. »Fünf Milliarden Pfund. Wissen Sie, was das bedeutet, Gentlemen?«

»Jedenfalls ist es ein Haufen Zaster«, erwiderte Baxter ziemlich locker.

»Das sagen Sie so einfach. Das ist eine Katastrophe. Ich weiß doch nicht, wie ich das Geld auftreiben soll.«

»Überlassen Sie das der Regierung.«

»Das geht auch nicht.«

»Was ist der Grund?«

»Man würde mir nicht glauben.«

»Sir«, sagte Mark, »ich bitte Sie. Schließlich hat die andere Seite demonstriert, dass sie nicht zu spaßen bereit ist. Denken Sie an den Flughafen, der in Flammen aufging. Beim nächsten Angriff, das wurde mir gesagt, werden Menschen sterben.«

»Ich glaube Ihnen ja. Nur muss ich mit den Ministerien reden. Mit der obersten Chefin sogar, und gerade sie ist nicht nur als hart bekannt sondern als eisern. Davon kann Ihr Präsident auch einige Arien singen.«

»Allerdings.«

»Was werden wir tun?« sagte Suko. Ergab sich selbst die Antwort. »Es bleibt uns nichts anderes übrig, als den Hubschrauber vor dem Ablauf des gestellten Ultimatums zu finden und ihn zu vernichten, samt seiner Besatzung und dieses Nadir Shive!«

»Viel Spaß bei der Suche«, sagte Baxter sarkastisch.

»Hast du eine bessere Idee?«

»Nein.«

»Vielleicht John Sinclair«, warf der Superintendent ein. »Sein Vater sollte schließlich die Übergabemodalitäten einleiten.«

Sir James verzog den Mund. »Daran kann ich nicht glauben. Was sollte John schon herausgefunden haben? Er befindet sich auf der Rückreise. Morgen wird er in London eintreffen und sich über die neuen Entwicklungen ebenso ärgern wie wir.«

Baxter dachte wieder an den Hubschrauber. »Der ist nicht nur immun gegen Kugeln und Raketen, auch gegen Radarstrahlen. Da gibt es nichts, das reflektiert.«

»Es ist und bleibt ein Phantom«, sagte Suko.

Mark versuchte es mit einem Kompromissvorschlag. »Wir wäre es denn, wenn ich mich mit den zuständigen Stellen bei meiner Regierung in Verbindung setzen und versuchen würde, wenigstens die Hälfte des Geldes aufzutreiben.«

Sir James war skeptisch. »In der kurzen Zeit?«

»Ja...«

»Glauben Sie daran, Suko?«

»Die Amerikaner sind manchmal schnell.«

»Sie müssten erst die Eiserne Lady überzeugen. Die rückt keinen Penny raus. Es ist alles zu schwammig. Der Überfall auf den Flughafen, okay, das war eine Warnung. Sie wird unsere Regierung trotzdem nicht in die Knie zwingen können.«

»Dann bleibt eben alles an uns hängen«, sagte

Suko.

»So ist es.«

Der Inspektor starrte zu Boden. »Wo findet man einen Hubschrauber, der sich fast in Luft auflösen kann, Sir?«

»Ich weiß es nicht.«

»Und welche Stadt könnte er angreifen?«

Diesmal gab Mark Baxter die Antwort. »Ich befürchte, dass es London sein wird. Ich habe ihn über dem Hyde Park gesehen. Er kaum aus dem Nichts, war plötzlich da und nahm die Frau auf. Ich habe es nicht verhindern können.«

»Als Unsichtbarer hättest du es vielleicht geschafft«, sagte Suko.

»Klar. Nach zwei Stunden ist die Phase vorbei. Dann werde ich wieder sichtbar. Jubal King als Skelett reicht mir. Ich jedenfalls möchte nicht so enden.«

»Nun ja«, sagte Sir James. »Es bleibt uns nichts anderes übrig, als zu warten.«

»Auf was, Sir?«

Der Superintendent wurde sogar bissig. »Auf den guten Einfall, wie immer, meine Herren.«

»Wenn wir den erst mal hätten«, murmelte Mark Baxter...

Der Lockenkopf hieß Abdul Kaifa und war stets stolz auf seine Nerven gewesen. Bei der letzten Aktion allerdings hatten sie ihn im Stich gelassen.

Er kannte die Regeln. Wenn einer aus der Gruppe in die Gefangenschaft des Feindes geriet, hatte er die Pflicht, Selbstmord zu begehen. So und nicht anders würde auch der Zwerg gehandelt haben. Für Kaifa war der Mann tot.

Das wurmte ihn, das spornte seinen Hass noch mehr an. Er war zum Versteck gelaufen, wo beide den Wagen abgestellt hatten, und er war mit einer Handgranate zurückgekehrt.

Der Anschlag war misslungen.

Ihm blieb die Flucht! Aber auch das Nachdenken über sich und diesen Sinclair.

Damit meinte er nicht den alten. Sein Haß konzentrierte sich auf dessen Sohn, der es geschafft hatte, den Plan fehlschlagen zu lassen. Dies wiederum konnte er nicht auf sich sitzen lassen. Er wollte Sinclair nicht nur haben, sondern auch tot sehen.

Dabei versuchte er, sich in die Gedanken des Mannes hineinzuversetzen. Es gab eigentlich keinen Grund für Sinclair, in Lauder zu bleiben. Was sollte er noch? Den Fall konnte er in Schottland nicht aufklären. Also würde er wieder zurück nach London fahren.

Bevor Kaifa überhaupt mit seinem Partner losgezogen war, hatte er sich über die Sinclairs erkundigt und auch die entsprechenden Informationen bekommen. Er wusste demnach, wer dieser Mann war und kannte auch dessen Gefährlichkeit.

Sinclair musste ausgeschaltet werden.

Kaifa dachte daran, dass er zurück nach London fahren würde. Eine lange Strecke, auf der verflucht viel passieren konnte. Unter anderem auch ein Mord.

Nur wollte sich Kaifa nicht nur auf sich selbst verlassen. Vielleicht gewährte man ihm Unterstützung.

Den Hubschrauber kannte er. Er wusste ferner,

dass diese fliegende Waffe nahezu unzerstörbar war, und er hatte auch von der immensen Macht eines Nadir Shive gehört. Shive war der Anführer der Arabian Force, der seine Freunde nicht im Stich ließ.

Jetzt sollte er Kaifa helfen.

Jeder, der mit ihm in Verbindung treten wollte, konnte es. Man brauchte dazu weder ein Telefon noch einen Fernschreiber. Es ging alles viel einfacher, magischer...

Kaifa griff in die rechte Tasche. Dort verwahrte er einen Gegenstand auf, den alle besaßen, die zur Arabian Force gehörten. Es war ein grauer Stein. Sehr glatt geschliffen und in seiner Form oval. Der Stein war nie kalt. Als Kaifa ihn auf seiner Handfläche liegen hatte, kam es ihm vor, als würde das Innere leben. Da vibrierte und zirkulierte etwas. Kristalle, die Gedanken in die Ferne transportieren wollten.

Abdul Kaifa lehnte sich zurück und legte den Stein auf seine Stirn. Dann schloss er die Augen.

Zunächst noch spürte er den Druck, den das Gewicht des Steins ausübte. Das änderte sich sehr bald, da verlagerte sich der Druck und umschloss seinen gesamten Kopf, was ihm allerdings nicht unangenehm war, denn er kam sich gleichzeitig vor, als würde er schweben.

Kaifa dachte an seinen großen Meister. Er wollte sich in dessen Gedankenstrom hinein katapultieren und hoffte, da sich Nadir Shive nicht dagegen sperrte.

Zunächst geschah nichts. Kaifa spürte das Vibrieren, sein Kopf schien eine andere Form angenommen zu haben, dann aber war der Kontakt plötzlich da.

»Nadir Shive!« Er hatte das Gefühl, den Namen zu schreien, dabei schickte er nur seine Gedanken aus.

Und er bekam Antwort.

»Was willst du?«

»Ich habe versagt!« Er wusste, dass bei Nadir Shive eine gewisse Ehrlichkeit zählte, nur dann bekam der Betreffende noch eine zweite Chance.

»Das musst du erklären...«

Auf telepathischem Wege berichtete Abdul Kaifa von seiner Niederlage und vom Tod eines Getreuen. Er bat auch um Vergebung und wartete auf die Antwort des Meisters.

Der ließ sich Zeit. Kaifa musste schmoren. Er spürte den Druck des ovalen Steins wieder stärker auf der Stirn. Ihm war, als würde der Stein seine Ströme in ihn hineinschießen und sie dann so fächern, dass sie den Meister erreichten.

Kaifa schwitzte stark. Längst waren die Scheiben seines Fahrzeugs von innen beschlagen. Wenn der Meister ihm nicht verzieh und ihm stattdessen den Befehl zum Selbstmord gab, auch den würde Kaifa ohne zu zögern ausführen.

Endlich hörte er den Meister.

»Du hast versagt, das stimmt, aber ich freue mich, dass du ehrlich mir gegenüber warst. Deshalb will ich dich nicht bestrafen. Du sollst noch eine Chance bekommen.«

»Ja — ich danke dir! Welche Chance?«

»Ich muss einen Plan umändern«, erklärte der Meister auf gedanklichem Wege. »Das ist natürlich schlecht. Der Plan steht schon lange, aber so bin ich gezwungen, Olivia schon früher zu schicken. Du wirst dich um Sinclair kümmern.«

»Das wollte ich.«

»Wie sieht es denn aus?«

»Ich warte bereits auf ihn.«

»Gut, aber du wirst möglicherweise zu schwach sein. Sinclair ist gefährlich, ein Gegner, den ich unbedingt ernst nehmen muss. Deshalb wirst du auch nicht allein sein.«

Abdul Kaifa benötigte eine Weile, um mit der Antwort fertig zu werden.

»Das verstehe ich nicht...«

»Es kann sein, dass dir jemand zu Hilfe kommt. Da ich meinen Plan umgeändert habe, muss ich improvisieren. Ich werde dir zur Hilfe kommen, Kaifa.«

»Allein?«

»Nein, mit unserer Waffe!«

Kaifa hätte vor Freude fast geschrien. Er sprach in Gedanken. »Dann ist Sinclair schon so gut wie tot...«

»Das will ich auch meinen!«

Was hilft gegen Stress?

Vitamine, Traubenzucker, Müsli, Milch und eine Portion Schlaf. Kurz aber sehr fest und tief. Für das Essen sorgte meine Mutter, während ich mich niederlegte und zwei Stunden so fest schlief wie ein Igel im Winter. Danach fühlte ich mich erfrischt und gewissermaßen topfit. Meine Eltern waren natürlich besorgt, als ich mich von ihnen verabschiedete. Ich bekam die guten Ratschläge mit auf den Weg wie zu meiner Kinderzeit, und dann ging es ab in Richtung Süden.

Mit London hatte ich nicht mehr telefoniert.

Wenn alles so klappte, wie ich es mir vorgestellt hatte, würde ich tief in der Nacht oder am frühen Morgen in Englands Hauptstadt eintreffen. Wer diese Autofahrt als Vergnügen ansah, war entweder ein Masochist oder ein Irrer. Vielleicht gehörte ich zu einer der beiden Gruppen.

Mit Motorways ist Schottland nicht so gut gesegnet. Es gab einige, die jedoch konzentrierten sich auf das Gebiet der großen Städte wie Edinburgh und Glasgow. Erst an der Grenze, in der Höhe von Carlisle, geriet ich auf den Motorway M6.

Bis dahin aber ging die Fahrt durch die Berge, die Southern Uplands, die eine weiße Schneeschicht zeigten. Jedoch lag die Pracht nicht in den Tälern. Hier kam ich gut voran. Auf höher gelegenen Strecken allerdings musste ich mit leichtem Glatteis rechnen.

Ich hätte jetzt gern Zeit gehabt, um mir auch die Gegend anzuschauen, denn im Süden hat Schottland ebenfalls seinen Reiz. Die Landschaft war nicht mehr so dünn besiedelt wie früher, dennoch empfand ich die Gegend als einsam und irgendwie wunderbar.

Sehr oft kam ich an kleinen Seen vorbei, deren Wasser wie Blei glänzte. Vogelschwärme durchzogen die Lüfte und schienen in die grauen Wolken tauchen zu wollen. Es wehte ein Westwind, der keine Kälte mitbrachte. Dieser Februar war auch für Schottland viel zu warm.

Natürlich dachte ich auch an den Lockenkopf. Dass er so einfach das Weite gesucht haben sollte, wollte ich nicht so recht glauben, und ich hoffte stark, dass er nicht noch einmal meine Eltern angreifen würde. Wenn schon ein Ziel, dann ich.

In der Nähe von Carlisle nahm die Verkehrsdichte zu. Es war so, als würden die zahlreichen Fahrer den Motorway spüren, wo sie endlich aufdrehen konnten.

Von dort aus konnte ich auf den Autobahnen bleiben, die allesamt nach Süden führten, auch hinein in das englische Industriegebiet um Manchester, von dort nach Birmingham und dann in Richtung London.

Eine verflucht lange Strecke, die da vor mir lag.

Ich hatte noch einmal getankt und nahm den Motorway unter die Räder. Es war eine der schönsten Autobahnstrecken unseres Landes, denn sie führte an der Westseite des National Parks entlang. In der Zeit lag ich ziemlich gut, die Dämmerung schob sich zwar schon heran, aber das machte nichts.

Ich schaute auch immer wieder in den Rückspiegel. Die Straße war relativ frei, der Lastwagenverkehr störte mich auch nicht. Ich huschte an den Trucks vorbei.

Der Rover ist zwar kein Bentley — dem trauerte ich noch immer nach —, dennoch konnte ich relativ entspannt fahren, und der Wagen tat auch seine Pflicht. Er schnurrte die Meilen herunter wie eine satte, zufriedene Katze.

Natürlich drückte mich die Zeit. Ich war gespannt, wie es in London aussah. Ob Mark Baxter und Suko etwas erreicht hatten. Auf die beiden konnte man sich verlassen. Wenn sie einen Fall angingen, dann mit allen Konsequenzen.

Die Landschaft änderte ihr Gesicht. Zwar begleitete mich noch das hügelige Land, aber die Berge waren nicht mehr so hoch wie in Schottland. Der Himmel sah aus, als wäre er hellgrau lackiert worden.

Es herrschte eine tolle Fernsicht. Ich sah tief im Süden, wo die Dämmerung erst noch ihre Decke hinschieben würde, ein dunkleres Grau, das erste Anzeichen für das große Industriegebiet.

Bevor ich es erreichte und durchfuhr, musste ich eine Pause einlegen. Sonst schliefen nicht nur die Beine ein, auch ich.

Eine Raststätte war schnell gefunden. Kurz vor Einbruch der endgültigen Dunkelheit rollte ich auf den Parkplatz und fand eine Lücke, in die mein Rover hineinpasste. Ich konnte ihn auch vom Lokal her im Auge behalten. Ich verschloss den Rover sorgfältig, schritt an Telefonzellen vorbei und dachte daran, in London anzurufen.

Nein, ich wollte die Kollegen nicht aufscheuchen. Erst kurz vor dem Ziel würde ich Bescheid geben, auch wenn es dann tiefe Nacht war. Die Raststätte war mäßig besucht und erinnerte mich an eine Klinik. So kalt wirkte die Einrichtung. Überhaupt nicht gemütlich.

Ich holte mir einen Kaffee, etwas Knäckebrot, Käse und nahm auch einen Becher Milch mit an den Tisch.

Nur nicht hetzen, hieß die Devise, auch nicht zu schnell kauen. Langsam und genussvoll aß ich, während ich gleichzeitig die Menschen beobachtete und auch ab und zu nach draußen schaute, um den Rover zu beobachten.

Niemand kümmerte sich um ihn. Das Licht der Lampen warf einen bleichblauen Schimmer auf die abgestellten Fahrzeuge und ließ die Farben der Karosserien fast gleich aussehen.

Während ich die Milch trank, rauchte ich noch eine Zigarette. Zwei Frauen gingen an meinem Tisch vorbei. Sie waren gekleidet wie Mädchen vom horizontalen Gewerbe. So knapp waren die Röcke mal vor fünfzehn Jahren gewesen. Provozierend schaukelten sie weiter und nahmen an einem Tisch Platz, wo zwei Fernfahrer hockten.

Familien mit Kindern stürmten den Raum ebenfalls, Geschäftsleute, Vertreter. Das war Leben...

Ich schaute auf die Uhr. Es wurde Zeit, dass ich mich wieder auf die Socken machte. Noch einmal strecken, recken, ein Blick nach draußen, dann erstarrte ich.

Sehr langsam rollte ein Wagen von der Tankstelle her kommend auf den Parkplatz. Er wäre mir kaum aufgefallen, hätte sein Fahrer in Höhe meines abgestellten Rovers nicht kurz gestoppt und so intensiv zu meinem Wagen hingeschaut, dass es mir schon auffiel.

Den Mann konnte ich nicht genau erkennen. Ich sah nur, dass er dunkelhaarig sein musste.

Wie auch der Lockenkopf!

Bezahlt hatte ich bereits vor Beginn der Mahlzeit an der Kasse. Jetzt galt es, schneller zu sein. Ich schoss hoch und beeilte mich, die Raststätte zu verlassen.

Durch die große, offenstehende Glastür huschte ich hinaus, lief die breite Treppe hinab, musste mich nach links wenden und hatte nur wenige Schritte zu gehen, bis ich den Rover erreichte.

Der andere war weitergefahren. Er kam mir entgegen, und ich schaute geradewegs in die beiden hellen Glotzaugen der Scheinwerfer hinein, die mich blendeten.

Ich trat zur Seite, blieb aber so stehen, dass dieses Fahrzeug sehr dicht an mir vorbeirollen musste. Es war ein dunkler Opel Rekord.

Es war es!

Ein Blick nur hatte mir gereicht. Mein Herz schlug plötzlich schneller. Im Wagen hockte tatsächlich dieser verdammte Lockenkopf, der meine Eltern und mich hatte killen wollen. Also war er mir seit Lauder auf der Spur geblieben.

Irgendwie war ich froh darüber, denn jetzt bestand für meine Eltern keine Gefahr mehr. Über mein Gesicht glitt ein Lächeln, ich spürte das Blut schneller durch die Adern fließen, die Spannung war auf einmal da, auch die Gänsehaut.

War es Zufall, dass ich ihn entdeckt hatte, oder war es bewusst von ihm gesteuert worden, um mich in eine Falle zu locken? Darüber zu theoretisieren, ergab keinen Sinn. Ich musste es eben darauf ankommen lassen. Sehr schnell stieg ich ein, kam gut aus der Parklücke und setzte mich auf die Spur des Opels.

An der Auffahrt sah ich ihn wieder. Er musste warten, bevor er sich in den schnell fließenden Verkehr einordnen konnte. Einige Fahrer rasten wie die Wahnsinnigen. Ein Jaguar rauschte tatsächlich vorbei, als wäre er ein Raubtier.

Nach ihm gab der Lockenkopf Gas. Selbst ich konnte das Kreischen der Reifen hören, als er beschleunigte. Der Kerl schien es schrecklich eilig zu haben, möglicherweise trug ich daran die Schuld, denn gesehen haben musste er mich. Ich war einfach zu nah an seinen Wagen herangekommen und hatte im Licht der Scheinwerfer gestanden.

Ich musste mit der Auffahrt noch warten und zwei Trucks vorbeidonnern lassen. Dann kam ich auch weg und beschleunigte so gut wie möglich. Natürlich hatte der Opel einen gehörigen Vorsprung herausfahren können, und es würde auch nicht einfach sein, ihn in der Dunkelheit zu erwischen. Weit vor uns strahlte vom Boden her ein dichter Lichtschleier gegen den Nachthimmel.

Dort lag das Industriegebiet mit seinen zahlreichen Städten, die ineinander übergingen.

Die Verkehrsdichte steigerte sich. Ich hatte das Radio eingestellt und lauerte auf Staumeldungen. Es wurden auch einige durchgegeben, glücklicherweise östlich vor mir, nahe Huddersfield.

Nach etwa einer Fahrt von sechs Meilen sah ich den Opel wieder. Er fuhr auf der mittleren der drei Spuren, seine Geschwindigkeit konnte man als normal bezeichnen, und ich drehte jetzt den Spieß um, denn ich blieb hinter ihm.

Ob er es merkte oder nicht, war mir egal. Ich war mittlerweile zu der Überzeugung gelangt, dass er gewissermaßen die Konfrontation oder das Treffen gesucht hatte.

Also blieb ich am Mann.

Manchmal befanden sich zwei Fahrzeuge zwischen uns, dann wieder drei, auch mal ein Wagen.

Kurz vor Manchester gerieten wir in einen Stau. Aus dem Radio wusste ich, dass er nicht sehr lang war, im Schritttempo ging es weiter. Rechts und links der Bahn leuchteten die Lichter der großen Städte. Eine Hinweistafel löste die andere ab. Auf- und Abfahrten sowie Kreuze und Kreisel bildeten einen bald schon unübersichtlichen Wirrwarr.

Es dauerte immerhin eine Stunde, bis wir diesen Verkehrsknotenpunkt hinter uns gelassen hatten.

Jetzt ging es weiter über Stoke City in Richtung Birmingham, eine Strecke, die tagsüber gut befahren wurde, in der Nacht allerdings schwächer.

Ich gähnte. Zwar fühlte ich mich nicht müde, aber taufrisch auch nicht. Das Fahren in der Dunkelheit strengt an, auch wenn es nicht regnet.

Bis Stoke City tat sich nichts. Der Lockenkopf rollte unbeirrt seinem Ziel entgegen. Wenn das so weiterging, fuhr ich bis London hinter ihm her.

Mir sollte es recht sein. In London aber wollte ich ihn mir zur Brust nehmen. Bisher war er die einzige Spur zu diesem verdammten Helikopter, von dem ich bisher nur gehört, ihn aber noch nicht gesehen hatte.

Kurz vor Stafford wechselte der Lockenkopf die Fahrbahn. Dann leuchtete sein linkes Blinklicht auf, als nämlich die Tafel mit einer aufgedruckten Abfahrt erschien.

»Was ist das denn?« Ich hatte zu mir selbst gesprochen und musste mich innerhalb von Sekunden entscheiden, ob ich weiterfahren oder ebenfalls abbiegen sollte.

Ich entschied mich, dem Lockenkopf zu folgen, zog den Rover auf die andere Spur und sah den Opel schon in der großen Abfahrtskurve verschwinden. Ich drückte ein wenig stärker auf das Gaspedal. Vor uns erschien eine normale Straßenkreuzung.

Lockenkopf wandte sich nach rechts. Das Gelände hier war noch hügelig. Lange Bergrücken wechselten sich ab mit weiten Tälern, in denen zahlreiche, kleine

Ortschaften lagen. Hier floss der River Trent her, den wir auch sehr bald überquerten.

Wir erreichten einen Ort mit dem Namen Golwich, wo Lockenkopf eine Tankstelle ansteuerte, die noch geöffnet hatte. Ich bremste ab, blieb neben einem schmutzig wirkenden Fabrikgebäude stehen und löschte auch das Licht.

Lockenkopf tankte. Er blieb dabei nicht im Wagen sitzen und bewegte sich wie ein Sprinter, der sich auflockern will, bevor er an den Start ging. Lockenkopf trank und aß nichts. Er beglich seine Rechnung, gab wieder Gas und fuhr mit überhöhtem Tempo durch Golwich, das rasch hinter uns lag.

Die Einsamkeit der Nacht schluckte uns. Mir kam es so vor, als wären wir allein auf der Straße, die sich durch das Land band.

Ich fuhr näher an den Opel heran. Er sollte genau wissen, wer ihm auf den Fersen war. Wenn es mir zu lange dauerte, würde ich ihn irgendwann stoppen.

Einmal nahm er mich sogar auf den Arm. Er hob die rechte Hand wie zum Gruß, bevor er wieder beschleunigte.

Der hatte es gerade nötig.

Vor uns lagen die Hügel. Schmale Wege zweigten von der Straße ab, und auf einen von ihnen rollte der Opel hinein.

Wohin der Weg führte, wusste ich nicht. Ein Hinweisschild jedenfalls hatte ich nicht entdecken können.

Da die Unterlage nicht gerade die beste war, tanzten beide Wagen unfreiwillig auf und nieder. Schlaglöcher und Buckel wechselten sich ab. Links von uns lag ein Feld, das sanft anstieg. Rechts wuchs Wald auf einem langgestreckten Hügel.

Hier sah es aus, als wollten sich Fuchs und Hase gute Nacht sagen. Was wollte der Lockenkopf hier?

Unruhig flackernd bewegten sich seine Bremsleuchten, als er mit dem Tempo herab ging. Er fuhr noch ein paar Yards weiter, dann stoppte er ab.

Auch ich hielt an, blieb im Rover sitzen, weil ich zunächst abwarten wollte, was der Lockenkopf tat.

Er öffnete die Fahrertür, stieg aus, reckte sich, legte anschließend beide Hände flach auf das Wagendach und machte ein paar Kniebeugen. Erst als er damit fertig war, warf er die Für ins Schloss und kam auf den Rover zu.

Ich hatte mich inzwischen losgeschnallt und die Beretta sicherheitshalber gelockert. Diesem Kerl traute ich alles zu, auch dass er mit einer zweiten Handgranate bewaffnet war.

Direkt vor dem Rover blieb er stehen. Ich löschte die beiden Scheinwerfer, und seine Gestalt schien dabei regelrecht zusammenzufallen. Wie es aussah, war er gekommen um mit mir zu reden. Bitte, das konnte er haben.

Auch ich öffnete die Tür und verließ den Wagen. Über die Kühlerhaube hinweg starrten wir uns an. Trotz des dunklen Teints wirkte das Gesicht des Mannes heller. Es hob sich deutlich von seiner dunklen Kleidung und den schwarzen Haaren ab.

»Da sind wir nun!« sagte ich.

»Ja.«

»Du hättest auch verschwinden können.«

»Richtig.«

»Und weshalb hast du es nicht getan?« Er grinste. »Weshalb sollte ich?«

»Aus deiner Sicht hast du recht, aber du hast gleichzeitig vergessen, daß vor dir ein Polizeibeamter steht, auf den du einen Mordanschlag unternommen hast.«

»Was bedeutet das?«

»Daß ich dich verhaften muss.«

»Du lebst in einem Scheißland, Bulle.«

»Ist deines besser?«

»Es wird besser, wenn wir die Herrschaft über die Welt erringen.«

»Wie?«

»Wir sind mächtig, denn hinter uns steht das Wissen des Scheitans. Unser Meister hat es geschafft, sich ihm zu weihen, und der Scheitan persönlich hatte ihm die Kraft gegeben, die er braucht, um uns zu führen.«

»Auch den Hubschrauber?«

»Den auch!«

»Und der ist wirklich unzerstörbar.«

Lockenkopf nickte. »Ja, man kann ihn wohl nicht zerstören. Selbst Raketen schaffen es nicht. Er ist unser großer Trumpf. Durch ihn werden wir siegen.«

Ich ließ mir Zeit mit meiner Erwiderung und schaute ihn schräg von der Seite heran. Es war still. Nur von der entfernt liegenden Straße her vernahmen wir ein Rauschen, als ein Wagen vorbeifuhr.

»Ich möchte gern deinen Namen wissen.«

»Abdul Kaifa!« erklärte er nicht ohne Stolz.

»Dann weiß ich wenigstens, wen ich verhaften muss. Es tut mir leid, aber wir werden die Fahrt nach London in einem Wagen fortsetzen müssen. Dort sehen wir weiter.«

Er lachte leise. »Kennst du auch das Risiko«? fragte er dann.

»Welches denn?«

»Du begibst dich auf Glatteis. Es kann sehr gefährlich werden, das glaube nur.«

»Du vertraust auf den Hubschrauber?«

»Natürlich. In London wird man bereits zittern. Zweimal hat der Helikopter angegriffen, beim drittenmal wird es Tote geben, das kann ich dir versprechen.«

»Wo griff er beim zweiten Mal an?«

»Hier in England. Es war ein Flughafen östlich von London. Er stand plötzlich in Flammen, denn der Hubschrauber ist wie ein finsterer Götze, der Feuer spuckt.«

Ich hatte keinen Grund, an seinen Worten zu zweifeln. Diese Truppe war gefährlich. Sie wollte das Chaos, und sie wollte Geld, um den Terror noch weiter ausbauen zu können.

»Arabian Force«? sagte ich. »Es gibt viele, die sich zusammengetan haben und es mit einer gigantischen Erpressung versuchten, aber keine hat es bisher geschafft.«

Der Lockenkopf winkte ab. »Das stimmt. Wir aber haben die Waffe. Wir stehen mit der Hölle in

Verbindung...«

»Du auch?«

»Nicht so wie die anderen. Ich gehöre zu denen, die den Rand der Truppe bilden. Wenn es aber darauf ankommt, schlage ich zu. Ich gebe mein Leben für ihn.«

»Wer ist es?«

»Nadir Shive. Er hat die Kraft des Scheitans, und er hat es geschafft, die Waffe unzerstörbar zu machen.«

»Wie?«

Kaifa rieb seine Hände. »Da wir gerade beisammen stehen, sollst du es erfahren. Durch seine Haut. Durch die Haut des Dämons Nadir Shive ist der Helikopter zu dem geworden, als was wir ihn kennen. Als unser großer Helfer und Trumpf.«

Diesmal hatte mich der Knabe überrascht. Ich musste erst einmal schlucken. »Ist das wahr?«

»Weshalb sollte ich lügen?«

»Dann ist dieser Shive ein Wesen ohne Haut?«

»Ja.«

»Und seine Diener, die übrigen Mitglieder eurer Arabian Force. Sind es auch Untote?«

»Sicher.«

»Du aber nicht?«

»Nein, ich gehöre einem anderen Kreis an, wie ich dir schon sagte. Ich bin eine Vorhut.«

»Ja, das habe ich bemerkt.« Ich nickte ihm zu. »Ich glaube, meine Freund, dass wir genug geredet haben. Ich möchte noch in der Nacht in London eintreffen, und zwar mit dir. Kommst du freiwillig mit, oder muss ich Gewalt anwenden?«

Seine Antwort überraschte mich. »Fahren wir mit deinem oder mit meinem Wagen?«

»Wir nehmen meinen.«

»Gut, dann steige ein.«

»Nach dir.«

»Bitte sehr.« Er lächelte mich an und ging auf die Beifahrertür zu. Ich wusste nicht, wie ich mich verhalten sollte. Sein Benehmen hatte mich überrascht. War es wirklich so einfach gewesen, ihn zu überreden? Er hatte meine Eltern und mich mit einer Handgranate beworfen, und jetzt leistete er keinen Widerstand?

Das wollte mir nicht in den Kopf.

»Darf ich einsteigen?« Er fragte es fast in einem freundlichen Tonfall.

»Natürlich.«

Vor mir saß er im Wagen, schnallte sich ordnungsgemäß an und legte seine Hände brav in den Schoß, wobei er mir die etwas gekrümmten Handrücken zeigte.

Ich startete und musste auf dem schmalen Weg zunächst wenden, was sich als nicht einfach herausstellte. Der Boden war vom letzten Regen noch feucht, an einigen Stellen sogar aufgeweicht. Beinahe wäre ich noch steckengeblieben.

Dann hatte ich es geschafft und hörte die ersten Worte des Mannes nach seinem Einsteigen. »Ich spüre ihn.«

»Wen?«

»Nadir Shive. Er spricht zu mir. Er hat Kontakt zu mir aufgenommen. Er ist nicht einmal weit weg.«

Ich war so mit der Kurbelei am Lenkrad beschäftig! gewesen, dass ich meinem Begleiter erst jetzt einen Blick zuwerfen konnte.

Er saß zwar starr auf dem Sitz, hatte aber jetzt den Kopf weit zurückgebeugt. Ein ovaler Stein lag auf seiner Stirn.

Er lag dort, als wäre er angeklebt. Der Stein war dunkel, leuchtete allerdings in seinem Innern, so dass die winzigen Einschlüsse wie Farbspielereien wirkten.

Ich fuhr noch nicht und ließ auch die Handschellen stecken, die ich Kaifa eigentlich hatte anlegen wollen.

»Was soll das bedeuten?«

Er lachte leise und hielt die Augen dabei geschlossen. »Ich habe Kontakt mit Nadir Shive aufgenommen. Der Stein, den du auf meiner Stirn liegen siehst, vermittelt mir seine Botschaft.«

»Und wie lautet die?«

»Dass er mich nicht im Stich lässt, mein Freund. Nein, das nicht. Nadir Shive ist in der Nähe, ich spüre ihn genau. Es wird nicht mehr lange dauern, bis er bei uns erscheint. Er hat es mir versprochen.«

Diesmal lachte ich, allerdings klang es nicht echt. »Was soll er hier? Ist er nicht in London besser aufgehoben, wo er das Geld kassieren will?«

»Er hat eben umgedacht.«

»So ist das.«

»Ja, genau.« Kaifa nahm den Stein von seiner Stirn und wog ihn in der Hand. »Er ist wichtig«, sagte er. »Das ist der Kontakt zu ihm. Willst du es auch versuchen?«

»Danke, ich verzichte.«

»Schade. Du hättest mit ihm sprechen können. Telepathie macht es möglich. Da siehst du wieder, welche Kräfte in uns stecken. Wir haben sie und die Macht.«

»Und ich werde fahren.«

»Einen Moment noch«, sagt er, als er sah, dass ich nach dem Knüppel der Gangschaltung griff. »Du solltest jetzt den Motor ausstellen und deine Tür öffnen.«

»Weshalb?«

»Dann solltest du lauschen. Horche hinein in die Dunkelheit und sage mir dann, was du gehört hast. Keine Sorge, ich werde dich nicht angreifen und dir auch keine Handgranate in den Nacken stecken. Öffne die Tür.«

Der Kerl hatte mit einem so großen Ernst in der Stimme gesprochen, dass er mich überzeugt hatte und ich die Fahrertür aufstieß. Als wir eingestiegen waren, hatten wir in der unmittelbaren Umgebung keinerlei Geräusche vernommen.

Das war nicht mehr so.

Ich vernahm einen Hubschrauber, und mir war sofort klar, wer sich da im Anflug befand.

Ich ließ die Tür offen, als ich mich zu Kaifa umdrehte, dessen Gesicht einen wissenden Ausdruck angenommen hatte.

»Na, mein Freund?« fragte er leise.

»Weißt du jetzt Bescheid?«

»Ich glaube, schon.«

»Er ist es, Sinclair. Es ist der Helikopter. Und er gibt uns die Ehre seines Besuchs. Ich habe nicht zuviel versprochen. Warte noch ein paar Sekunden, dann wirst du ihn sehen können.«

Ich schnallte mich los. Das hämische Grinsen des Kerls widerte mich an. Trotz aller Vorsicht war es ihm gelungen, mich letztendlich noch reinzulegen.

Verdammt auch!

»Was ist?« fragte er.

»Willst du nicht aussteigen und den großen Meister begrüßen? Er ist auch deinetwegen gekommen. Er hat wegen dir seine Pläne extra geändert.«

Die Antwort verkniff ich mir, denn im nächsten Augenblick erschien über der Hügelkuppe des auslaufenden Feldes ein unheimlicher Schatten - der Horror-Helikopter!

Es war wirklich ein Bild wie aus dem Kino!

Beinahe schwerfällig und fast im Zeitlupentempo schob sich die schwere Maschine über die Hügelkuppe hinweg, als hätte sie Mühe, sich überhaupt in der Luft halten zu können. Auf mich wirkte sie wie ein gigantisches, nachgebautes Insekt, eine finstere Bedrohung aus dem Reich der Schatten, das sich mit dem der Wolken vermischte.

Die Hölle hatte einen ihrer Helfer auf die Erde entlassen, und er würde den Tod verbreiten.

Unzerstörbar, hatte Kaifa gesagt, Ich konnte es nicht unterstreichen. Der Hubschrauber sah aus wie viele andere auch, nur war er sehr groß, und der Rotor mit den langen Blättern schien direkt auf dem Dach zu sitzen.

Mir fiel weiterhin auf, dass er ohne eingeschaltete Positionsleuchten flog. Diese Maschine war eine kompakte Masse, die mit der Finsternis ebenso verschmolz wie mit der Dunkelheit und den Schatten des Geländes. Er war ein Angstmacher, und der Wind trug mir das

Flappern der Rotorblätter wie ein gefährlich klingender Drummer-Rhythmus entgegen.

»Faszinierend, nicht wahr?« fragte Kaifa flüsternd neben mir.

»Möglich. Wer fliegt ihn?«

»Der Meister selbst.«

Die Maschine flog jetzt so, dass sie mir ihre Breitseite zuwandte. Sie war strömungsgünstig gebaut worden, vorn sehr flach, stieg dann buckelartig an, erreichte die höchste Stelle, wo der Rotor sich drehte. Danach fiel sie wieder ab, um an dem kantigen Heck, das eine Stabilisierungsflosse und ein kleines Heckrotorblatt besaß, wieder anzusteigen. Auf Kufen landete dieser große Helikopter nicht. Er besaß ein eigenes Fahrwerk, das ausgefahren war. Die Reifen besaßen die Größe von Lastwagenrädern. Dieser Hubschrauber fasste eine Menge Passagiere, aber auch Material und andere Dinge konnte er aufnehmen.

Kaifa geriet außer sich. »Ist das nicht ein Traum?«, fragt er.

»Unzerstörbar, einfach wunderbar. Ja, der Meister hat sich seinen großen Wunsch erfüllt.«

Ich gab ihm keine Antwort, weil mich einzig und allein der Helikopter interessierte und ich das Gefühl besaß, er würde allmählich an Höhe verlieren.

Das stimmte auch.

Zwar nicht sehr schnell, aber mit einer stetigen Geschwindigkeit glitt er dem schräg laufenden Hangboden entgegen, überflog ihn noch und behielt Kurs auf mich.

Der Helikopter wuchs an. Jedenfalls bekam ich den Eindruck, denn er wurde mit jedem Yard, den er zurücklegte, noch größer. Eine gewaltige, tiefschwarze Bombe, ein mörderischer Koloss, vieleicht deshalb so schlimm wirkend, weil der Untergrund schräg verlief.

»Er wird gleich landen!« versprach Abdul Kaifa und schaute mit glänzenden Augen auf die Mordwaffe.

Ich suchte nach irgendwelchen Luken an der Außenhaut, die geöffnet waren, um die Rohre und Mündungen irgendwelcher Waffen hervorschauen zu lassen.

Es war nichts zu sehen.

Glatt lag die Außenhaut vor mir, und auch durch die Scheiben konnte ich nicht schauen, weil im Innern der Riesenmaschine so gut wie kein Licht brannte.

Nur eine sehr schwache Armaturenbeleuchtung strahlte in das Innere ab. Er landete.

Die langen Rotorblätter verwirbelten die Luft und fauchten sie uns als Strom entgegen. Unwillkürlich duckten wir uns, dennoch erwischte der Luftstrom unsere Haare und schleuderte sie in die Höhe. Kaifa war um den Rover herumgegangen. Er stand jetzt neben mir. Mit glänzenden Augen starrte er auf das mordende Ungeheuer.

Der erste Bodenkontakt!

Vielleicht wären breite Kufen besser gewesen, so verteilte sich das Gewicht auf die beiden Räder, und sie drückten sich tief in die weiche Erde.

Er sackte etwas ein. Wäre er in einem Sumpfgelände gelandet, hätte ihn der Morast verschlungen, so aber blieb er stehen und würde auch sicherlich wieder starten können.

Noch drehten sich die stählernen Blätter, aber

ihre Kreise waren langsamer geworden. Sie blitzen jetzt einzeln hintereinander auf, dann falteten sie sich zusammen, so jedenfalls wirkte es auf mich.

»Jetzt sind sie da!« sagte Kaifa drehte den Kopf und schaute mich an. Sein Blick gefiel mir überhaupt nicht. Die Pupillen glänzten, als hätten sich Öltropfen auf ihnen verteilt. Möglicherweise stand er unter dem Bann seines Meisters.

»Hast du sie gerufen?« fragte ich ihn.

»Ja, ja.« Sein Nicken fiel heftig aus.

»Weshalb?«

Er lachte mich an. »Das kann ich dir sagen. Sie wollen beim Exempel statuieren.«

»Wieso?«

»Dich, Sinclair. Dich wollen sie holen. Du sollst in ihre Falle gehen, und das wirst du auch, darauf kannst du dich verlassen. Du wirst ihr erstes Opfer.«

»Wie viele sind es?«

»Das weiß ich nicht. Aber wie ich Nadir Shive kenne, wird er den Helikopter voll haben.«

Das befürchtete ich auch, gab es aber nicht zu. Zunächst einmal tat sich nichts. Der gewaltige Hubschrauber stand vor uns, als wollte er sich ausruhen. Der Pilot hatte ihn noch während der Landung so gedreht, dass mich die flache Schnauze anstarren konnte.

Auch jetzt sah ich hinter den Scheiben keine Bewegung. Die grünliche Instrumentenbeleuchtung, die in die Höhe stieg, hinterließ nur einen dünnen Hauch, der sich unterhalb des Daches sehr schnell verflüchtigte. Da ich sehr lange auf die Scheiben starrte, strengte das meine Augen an. Ich hatte das Gefühl, als würden sie in der nächsten Zeit anfangen zu tränen.

Bewegte sich vielleicht etwas im Innern? Schraubte sich jemand von unten nach oben hoch?

Verdammt, die Maschine konnte nicht einfach gelandet sein, ohne dass dann jemand ausstieg.

Dafür steigerte sich bei mir die Erwartung, die zu einem dichten Gefühl der Spannung wurde. Es geschah doch etwas — und völlig überraschend für uns!

Als hätte jemand eine Lichtlanze auf uns geschleudert, so knallte der helle Strahl eines Scheinwerfers von der Seite des Hubschraubers genau auf uns zu.

Ich drehte mich unwillkürlich zur Seite, weil ich nicht geblendet werden wollte. Abdul Kaifa aber reagierte ganz anders. Er fiel auf die Knie, streckte dem Hubschrauber die Arme entgegen, bewegte die Hände und sprach mit hektischen Worten einige Sätze, die ich nie und nimmer verstand.

Auf mich wirkte es, als würde der Mann beten, aber das war wohl ein Irrtum.

»Hör auf!« sagte ich scharf.

Er schwieg, blieb knien und drehte mir den Kopf zu. Sein Gesicht hatte sich verzogen. Noch immer glänzten seine Augen. Ich las darin den unverhohlenen Triumph.

»Das ist dein Tod!« sagte er. »Sie werden aussteigen und dich vernichten!«

»Abwarten!«

Er sprang hoch. Gleichzeitig sah ich, wie eine

Ausstiegstür an der Seite aufschwang.

Sie blieb im rechten Winkel stehen. Kaifa und ich erwarteten die ersten Gestalten, nur gehörte ich nicht zu den Menschen, die sich widerstandslos ergaben.

Wenn sich mir eine Chance bot — und war sie auch noch so klein —, ergriff ich sie beim Schopf.

In diesem Fall war es der Hals des Orientalen. Ich hatte Kaifa mit dieser überraschenden Aktion so verblüfft, dass er nicht im Traum an Gegenwehr dachte.

Er flog mir genau in den Griff des vorgestreckten linken Arms. Jetzt hatte ich die Rechte frei, zog meine Beretta, und einen Augenblick später spürte Abdul Kaifa den harten Druck der Mündung an seiner rechten Stirnseite.

Ich hielt meinen Kopf weiterhin so abgedreht, dass mich der Scheinwerferstrahl nicht direkt blendete, aber mein Gefangener musste hineinschauen, und wir wurden auch von der anderen Seite genau gesehen.

Der Orientale hatte sich wieder so weit gefangen, dass er eine Frage stellen konnte. »Was... was willst du eigentlich? Weshalb bedrohst du mich?«

»Das ist ganz einfach. Deine Freunde sollen sehen, dass ich es Ihnen nicht so leicht machen werde.«

Da fing er an zu lachen. Nicht laut oder kreischend, nein, es war mehr ein Glucksen und Prusten, das aus seinem Mund drang. »Hör auf!« keuchte er. »Lass mich frei. Du hast keine Chance.«

»Das werden wir sehen!«

»Glaubst du denn, Nadir Shive würde auf mich Rücksicht nehmen? Glaubst du das wirklich?«

»Es könnte immerhin sein!«

»Nicht er, auch nicht die anderen Mitglieder der Arabian Force. Nein, du befindest dich in einem Irrtum. Das kommt nicht in Frage. Er will und er wird keiner Rücksicht auf uns nehmen. Das kann ich dir jetzt schon versichern!«

Ich hatte während meiner Worte so auf den Hubschrauber geschielt, dass ich nicht zu stark geblendet wurde. Noch immer hielten sich die Mitglieder der Arabian Force in dem Hubschrauber versteckt. Weshalb kamen sie nicht? Fruchtete meine Aktion letztendlich doch?

Ich wünschte es mir und wollte mich eigentlich mit meinem Gefangenen hinter den Wagen zurückziehen, als sie kamen.

Sie gerieten nicht in den direkten Strahl des Scheinwerfers. Ich sah die beiden, die sich aus dem Helikopter katapultierten und auf den weichen Boden sprangen.

Sofort wirbelten sie herum. Sie waren für mich pechschwarze zweibeinige Gestalten, deren Arme durch irgende twas verlängert wurden.

Das mussten Waffen sein! Und sie schössen.

Etwas blitzte und leuchtete schnell hintereinander auf, als hätte jemand eine Lampe erst ein- und dann ausgeschaltet. Mir schoss der Begriff von Leuchtspurmunition durch den Kopf, verbunden mit einem Schalldämpfer vor dem Lauf.

Von Abdul Kaifa hörte ich noch ein Köcheln genau in dem Augenblick, als er unter den harten

Einschlägen der Geschosse zusammenzuckte.

Im nächsten Augenblick war es vorbei. Da hing der Mann steif in meinem Griff. Ich sah den gebrochenen Blick eines Toten.

Die Hundesöhne hatten tatsächlich keine Rücksicht gekannt, und sie hatten verdammt gut gezielt.

Bei der Zahl zwei blieb es nicht. Sie hatten sich mittlerweile verdoppelt. Noch drei weitere Gestalten verließen mit kräftigen Sprüngen den Hubschrauber, da aber stand ich bereits nicht mehr am gleichen Fleck. Den Toten hatte ich fallen gelassen, mich dann gedreht, und war anschließend wie ein Stuntman über die Motorhaube des Rovers hinweg gehechtet, so dass ich den Wagen als Deckung zwischen mich und die gefährlichen, mordenden Wesen brachte.

Ich rutschte auf der Motorhaube entlang, als wäre sie mit Schmierseife eingerieben worden, fiel auf der anderen Seite zu Boden und hetzte geduckt weiter.

Einen Vorteil besaß ich.

Hinter mir befand sich das hangartig angelegte Feld. Vor mir jedoch der Wald. Da er sehr dicht wuchs, konnte er für mich zu einem Schlupfwinkel werden.

Es gab allerdings auch eine andere Möglichkeit. Viele Hunde sind des Hasen Tod.

Nur wollte ich der Hase nicht sein!

Der Schlag erwischte mich vehement an der Stirn und hätte mich fast von den Beinen gerissen. Es war ein Zufallstreffer, und ich hatte das Gefühl, als wäre er von einer Handkante geschlagen worden. Nicht nur vor meiner Stirn explodierten zahlreiche Sterne, auch mein geschun-dener Rücken machte sich auf diese Art und Weise wieder bemerkbar. Ich bekam weiche Knie, torkelte trotzdem weiter Lind gewann dabei den Eindruck, über einen weichen Sumpfboden zu laufen. Schließlich kippte ich nach rechts, breitete die Arme aus und umklammerte einen Baum-stamm wie ein junger Mann seine erste Geliebte, damit sie ihm nicht laufen ging.

Getroffen hatte mich keine Handkante, son-dern ein starker Ast, den ich bei meiner hastigen Flucht leider nicht oder erst zu spät gesehen hatte.

Mit der Stirn war ich hart dagegen gerannt, oh-ne jedoch das Bewusstsein zu verlieren. Im Laufe der Zeit hatte ich schon fast einen Eisenschädel bekommen, aber mir zitterten doch die Knie, obwohl in meinem Innern eine warnende Stimme auf toste, die mich zur Flucht zwang. Wenn ich der Arabian Force entwischen wollte, dann nur durch eine Flucht in die Tiefe des Waldes.

Welches Areal er umfasste, hatte ich auch bei der Herfahrt nicht feststellen können. Ich hoff-te nur, dass er in seiner Größe bis zum Rand der Straße reichte. Wenn ich sie vor mir sah und ei-nen Wagen anhalten konnte, war schon viel ge-wonnen.

Noch immer litt ich unter dem Zusammenprall.

Wenn ich normal ging, hatte ich das Gefühl, zu schaukeln. Jeden Schritt setzte ich vorsichtig, als wollte ich zunächst einmal den Boden abtasten, ob er nicht mit irgendwelchen Fallen bestückt war.

Mit vorgestreckten Armen und nach Hindernis-sen tastend, bahnte ich mir den Weg.

Man hatte in diesem Waldstück nichts abgeholzt und erst mal alles so wachsen lassen.

Deshalb besaß das Unterholz auch eine gewisse Dichte, die sich oft als hinderlich für mich herausstellte. Mehr als einmal trat ich in Fallen, die meine Füße umklammerten, als wollten sie die Beine nicht mehr hergeben. Durch hartes Ziehen kam ich immer wieder frei. Monokulturen gab es nicht. Laub- und Nadelwald waren gleichstark vertreten und eine gesunde Mischung. Ich sah kleine Bäume ebenso wie die großen, die mit ihren mächtigen, im Winter blattlosen Kronen, kein sehr schützendes Dach über mir bildeten.

Immer öfter musste ich mich ducken. Zudem war der Untergrund nicht eben. Fr wuchs in Wellen, auf denen der braune, winterliche Humus eine dicke Schicht bildete.

Mit beiden Füßen wühlte ich das klebrige, feuchte, faulige Laub in die Höhe, lief mit schnellen Schritten in eine Senke hinein und an der anderen Seite wieder hoch, die leider so steil war, dass ich mich auf allen vieren voran bewegen musste.

Als ich den Rand erreichte, blieb ich zunächst einmal stehen und holte tief Luft. Der erste böse Schmerz war verschwunden. Zwar tuckerte es noch in meinem Kopf, aber das ließ sich zum Glück ertragen. Tief holte ich Luft, fühlte an der Stirn nach und stellte fest, dass mir eine Beule wuchs.

Die Bäume umstanden mich mit ihren Stämmen, die mich an die dunklen Beine von gewaltigen Riesen erinnerten. An ihnen fand ich nicht nur Halt, sondern auch Deckung, und so verkroch ich mich hinter den Stamm einer alten Eiche.

Ich schaute den Weg zurück, den ich gekommen war.

Von den Verfolgern sah und hörte ich nichts. Aufgegeben hatten sie bestimmt nicht, das war klar. Die dichte Dunkelheit einer Winternacht umhüllte mich, und ich sah auch keinen Lichtschimmer mehr durch die Lücken zwischen den Bäumen schimmern, denn der Scheinwerfer am Hubschrauber war inzwischen gelöscht worden. An Aufgabe dachten die nicht. Dieses Wissen lag wie eine Faust in meinem Magen.

Da der Schmerz verblasst war, konnte ich mich auf die direkten Dinge in meiner Umgebung konzentrieren. Meine Augen hatten sich einigermaßen an die Finsternis gewöhnt. Zwischen manchen Baumstämmen konnte ich die Lücken ausmachen. Sie hoben sich dort als hellere Inseln ab. Wer zu mir hinwollte, musste die Mulde durchqueren, es sein denn, er wollte einen Bogen schlagen.

Ich hatte mich nicht lautlos bewegen können, weil das Unterholz am Waldrand eben zu sperrig gewesen war, und die unheimlichen Mitglieder der Arabian Force konnten es auch nicht.

Ich sah sie zwar nicht, aber ich hörte sie, wenn sie ihre stampfenden Schritte in das Unterholz setzten und dabei zahlreiche Zweige zerknackten.

Die unheimlichen Geräusche wurden mir entgegengeweht, so dass ich schon eine Gänsehaut bekam, die wie kalte Finger über meinen Rücken strich. Sie waren auf der Suche. Wenn sie sich teilten, würden sie mich auch finden, ewig konnte ich mich vor ihnen nicht verstecken.

Ich zog mich zurück.

Diesmal war ich im Vorteil, denn es lag wenig altes Holz auf dem Boden. Dafür eine Schicht aus Humus, Moos, wildem Gras und zahlreichen Farnen. Dieser braune Mischmasch strich über meine Füße, drang kalt durch den Stoff der Socken und nässte auch die Füße.

Der Wald nahm an Dichte nicht zu. F.s reichte auch so. Die Bäume standen dicht beieinander, so dass sie sich mit ihrem Geäst berühren konnten.

Dann hörte ich das Geräusch!

Ich hatte damit schon früher gerechnet, denn ich hätte es getan. Das Dröhnen des Motors und das bekannte Flappern der Rotorblätter. Die Maschine stieg wieder.

Ich war ziemlich schnell gelaufen, blieb jetzt stehen und lehnte mich mit dem Rücken gegen einen Baumstamm, wo ich zunächst einmal zu Atem kommen wollte.

Mein Blick war in die Höhe gerichtet. Trotz des blattlosen Astwerks fiel es mir schwer, den Himmel zu erkennen. Er ging fast nahtlos in den Astwirrwarr der Bäume über.

Der Schatten war schnell da.

Dunkler als der Himmel bewegte er sich schwerfällig über den hohen Kronen.

Dann schnellten die beiden hellen Arme aus dem Bauch des Helikopters hervor.

Suchscheinwerfer! Dazu noch drehbar und ziemlich breit gefächert, so dass sie einen Teil des Waldes mit einer Drehung abtasten konnten. Für mich konnte dies tödlich werden.

Noch hatte mich keiner der beiden Strahlen erfasst, der eine stach vor mir dem Waldboden entgegen, der andere tastete sich rechts von mir weiter. Aber ich entdeckte die Verfolger!

Sie gerieten in das bleiche Rad des Kegels. Wieder waren sie nur zu zweit, sehr bald aber erschien eine dritte Gestalt, die geduckt am Rand der bleichen Insel stehenblieb.

Mensch, Wesen, Zombie?

Ich hielt mich in der Deckung auf und beobachtete die drei Gegner. Eigentlich passten alle drei Ausdrücke, möglicherweise hatten sie auch von jedem ein Drittel. Sie wirkten wie Gestalten, die in einen Feuersturm geraten waren, so schwarz, so verbrannt.

Ihre Waffen waren eigentlich normal und keine magischen Hilfsmittel. Schwere Revolver, die durch aufgesetzte Schalldämpfer noch klobiger wirkten.

Suchend schauten sie sich um. Man hatte sie auf meine Spur gesetzt, nur hielt ich mich zu gut versteckt. Durch die Stämme konnten sie auch nicht schauen.

Der Hubschrauber stand in der Luft. Dafür bewegten sich die beiden Scheinwerfer. Sie tasteten sich in verschiedenen Richtungen voran, dabei drehten sie sich auch um die eigene Achse, um ein möglichst großes Gebiet bestrahlen und ausleuchten zu können.

Wieder rissen sie die Gestalten der Häscher aus der Finsternis. Es sah für mich ziemlich böse aus, denn die Arabian Force begab sich daran, einen Kreis um den Wald zu schlagen. Sie würden ihn engerziehen, dann saß ich in der Falle.

Vorausgesetzt, ich befand mich noch zwischen den Baumstämmen. Das würde sich ändern.

Ich huschte auf eine andere Stelle zu und sprang dabei von Stamm zu Stamm, immer wieder die beiden Kreise im Auge behaltend. Ich hatte es relativ gut, denn ich konnte ihnen durch geschickte Sprünge stets entwischen, wenn sie zu sehr in meine Nähe gerieten.

Es musste mir unter allen Umständen gelingen, aus diesem Wald zu verschwinden und zu einem Telefon zu gelangen. Der Helikopter durfte seinen Auftrag unter keinen Umständen in die Tat umsetzen. Wenn er das Chaos verbreitete, gab ich mir daran die Schuld.

Geduckt hastete ich weiter, fand eine sichere Lücke zwischen den Stämmen, durchquerte sie, sah das Unterholz und zwei schräg liegende Baumstämme, die der Wind geknickt hatte.

Aus ihrer Deckung schoss die Gestalt hervor.

Zum ersten Mal sah ich ein echtes Mitglied der Arabian Force aus unmittelbarer Nähe.

Es war ein Schreckgespenst. Möglicherweise wirkte es in der Dunkelheit noch drohender. In der dunklen, teerartigen Masse des Gesichts leuchteten zwei Augen wie bleiche Kalkflecken, einen Mund entdeckte ich überhaupt nicht, dafür stemmte er den rechten Arm vor, um mir eine Kugel in den Leib zu schießen.

Ich war schneller und hämmerte die Hand zur Seite. Der Schuss fiel nicht, ich wollte auch nicht unbedingt auf mich aufmerksam machen und zog den Dolch.

Die Klinge fand ihren Weg durch die Kutte und

hinein in den Körper.

Es war weich, ebenso wie Teer. Ich konnte mir nicht vorstellen, dass diese Gestalt mal ein Mensch gewesen war.

Eine Figur mehr, modelliert aus irgendwelchem Material, das jemand mit schwarzmagischen Kräften versehen hatte.

Der Dolch hielt dagegen, und die Gestalt zerbröselte vor meinen Augen, wobei sie noch von innen her aufstrahlte und schließlich zusammensackte.

Das also war es gewesen.

Ich jubilierte nicht darüber, aber ich war froh, jetzt einen Weg zu kennen, wie ich mich von dieser lebensbedrohenden Gefahr befreien konnte.

Über die Reste sprang ich hinweg. Das war auch gut so, denn der Scheinwerferkegel kam mir bedrohlich nahe. Die beiden Baumstämme überflog ich mit einem regelrechten Hechtsprung, landete auf dem Boden, dann zwischen irgendwelchen Farnen und rutschte auf feuchtem Moos weiter.

Über mir wurde es hell! Jetzt konnte ich nur mehr beten. Strich er vorbei?

Ich rührte mich nicht. Die geringste Bewegung der Halme hätte mich schon verraten können.

Über mir donnerte der Himmel. Die Echos hallten durch den Wald, sie dröhnten in meinen Ohren wie eine Botschaft des Jüngsten Gerichts. Ich hatte mein Gesicht auf den Waldboden gepresst, den Kopf jedoch ein wenig schräg gelegt, so dass ich zwischen die Lücken der niedrigen Pflanzen schielen konnte.

Sie waren hell — noch...

Verdammt noch mal. Wann flog dieser Hubschrauber endlich weiter? Oder hatten sie mich trotzdem entdeckt?

Ich lag so still wie selten. Sekunden dehnten sich zu kleinen Ewigkeiten. Endlich — endlich wanderte der helle Lichtkreis weiter, ohne dass etwas geschehen war.

Sie hatten mich nicht gesehen.

Die Schatten zogen heran, zuerst noch hellgrau, dann ständig dunkler werdend, schließlich hielt mich die Finsternis des Waldes wieder umschlungen.

Es fiel mir schwer, noch weitere zehn Sekunden abzuwarten. Schließlich war die gesetzte Zeit vorbei, ich drückte mich hoch und tauchte sehr behutsam wieder auf.

Der Hubschrauber war weitergeflogen. Mit seinem Lichtkegel suchte er jetzt zum Glück ein Waldstück ab, das ziemlich weit entfernt von mir war. Aber die Häscher waren in der Nähe. Gar nicht weit entfernt, sah ich zwei von ihnen. Plötzlich blieben sie stehen.

Im nächsten Augenblick schössen sie.

Ich lag blitzschnell am Boden, hörte die Kugeln um mich herum einschlagen. Die meisten Geschosse hämmerten in die Rinde der umgestürzten Bäume und rissen diese auf. Einige pflügten auch in den weichen Waldboden, was mich nicht weiter störte.

Dafür ergriff ich die Flucht.

Mit langen, raumgreifenden Schritten tauchte ich in das Dunkel des Waldes ein. Diesmal war ich ihnen entkommen, besonders ihren verdammten Kugeln.

Ich hatte Glück, dass sich die Suche des Helikopters auch weiterhin auf eine andere Stelle konzentrierte. Und mir gelang es tatsächlich, den Waldrand zu erreichen, und zwar dort, wo ich es nicht mehr weit bis zur Straße hatte.

Ich keuchte wie eine alte Dampflok, wenn sie die letzten Yards eines Berges hochfährt. Mein Laufen glich mehr einem Torkeln, zudem passte ich nicht auf — und trat plötzlich ins Leere. Ich bekam einen eisigen Schreck, hörte unter mir das Knacken von Zweigen und dann ein platschendes Geräusch, weil ich meinen Fuß in Wasser gestemmt hatte. Sinclair im Straßengraben!

So hätten meine Freunde es tituliert und sicherlich auch gelacht. Ich wühlte mich aus dem Dreck wieder hoch und sah zum Greifen nahe das graue Band der Fahrbahn.

Geschafft?

Noch wollte ich nicht triumphieren, drehte mich um und schaute über die Bäume hinweg, so gut es eben ging.

Der Hubschrauber schwebte auch weiterhin über dem Waldstück. Seine langen Lichtfinger bewegten sich. Sie tasteten in die Lücken hinein, hellten die Finsternis auf, aber dort konnten sie lange suchen. Flog der Helikopter allerdings der Straße entgegen, wurde es kritisch. Ich dachte an den Graben und war froh, dass er die Fahrbahn begleitete. Er konnte für mich im Notfall zu einer guten Deckung werden.

Ich war wieder einigermaßen zu Atem gekommen. Bevor ich mich auf den Weg machte, schaute ich noch einmal zurück. Der Wald lag stumm hinter mir, wie ein lauerndes Ungeheuer, aus dem jeden Augenblick das Grauen hervorschießen konnte.

Mein Blick glitt nach rechts und auch nach links. Weder von der einen noch von der anderen Seite rollte ein Fahrzeug in meine Richtung. Die Straße kam aus dem Dunkel, und sie glitt wieder in das Dunkel der Nacht hinein.

Ich hielt mich auf der Fahrbahnmitte und versuchte es mit einem Dauerlauf.

Meine Kondition war gut, auch wenn mich die Stiche im Kopf störten, die bei jedem Aufsetzen der Füße durch den Schädel zuckten.

Der Hubschrauber schwebte auch weiterhin über dem Wald. Da ich mich nach vorn bewegte, blieb er zwangsläufig zurück. Ich hatte nicht den Weg genommen, den wir gekommen waren, es musste noch einen weiteren Ort geben, denn vor mir, wenn auch relativ weit entfernt, sah ich den ansonsten grauen Himmel etwas heller. Den Schein gaben sicherlich die Lichter in einem Ort ab.

Es ging weiter.

Yard für Yard legte ich zurück. Das Geräusch des Helikopters nahm an Lautstärke ab. Noch einmal drehte ich mich um und konnte kaum glauben, was ich sah.

Er flog davon!

Ich blieb stehen, beugte mich nach vorn, holte keuchend Luft und lachte auch dabei. Das war ein Ding. Ich hatte es tatsächlich geschafft, diesem verdammten magischen Killerkommando zu entwischen. Die Arabian Force hatte mich nicht als Gefangenen bekommen.

Aber ich wollte und würde zurückschlagen,

das stand fest. Die Bande sollte sich noch wundern.

Was ich jetzt brauchte, war ein Telefon. Ich überlegte schon, ob ich zu meinem Rover zurücklaufen sollte, und kam zu der Erkenntnis, dass es keine schlechte Lösung war, jetzt, wo der Helikopter sich aus dem Staub gemacht hatte.

Es kam anders. Als ich mich umdrehte und wieder zurück in die breit gezogene Kurve schaute, aus der ich auch gekommen war, explodierten dort zwei Lichter.

Scheinwerfer! Ein Wagen kam!

Zufall, Fügung, Schicksal. Mir war es egal. Hauptsache, der Fahrer nahm mich mit bis zum nächsten Ort.

Ich machte es sehr risikoreich, stellte mich mitten auf die Straße und winkte mit beiden Armen, indem ich sie mehrmals über Kreuz führte.

Der Wagen fegte heran. Die beiden Scheinwerfer verwandelten sich in grelle, blendende Glotzaugen, strahlten mich an wie ein Künstler, der auf der Bühne stand, nur stoppte das Fahrzeug nicht.

Dann kreischten Reifen. Die beiden Lichter bewegten sich, als das Auto durch den harten Bremsvorgang nach vorn gedrückt wurde. Ich sprang sicherheitshalber zurück, es wäre nicht nötig gewesen, der Wagen kam dicht vor mir zum Stehen.

Hinter der Frontscheibe bewegte sich eine Gestalt nach links und öffnete die Beifahrertür.

Dann hörte ich eine Stimme.

»Steigen Sie ein, Mister!« Eine Frau hatte gesprochen...

Männer können Männer misstrauisch machen. Bei einer Frau ist das nicht so der Fall. In diesem Augenblick empfand ich die Stimme sogar als eine Erlösung, die Anspannung fiel von mir ab, ich umging den Wagen und zog die Beifahrertür so weit auf, dass ich mich auf den Sitz schwingen konnte.

»Danke!« keuchte ich, »vielen Dank!«

Die Fahrerin lachte, während ich die Tür zuschlug. »Sie scheinen ziemlich down zu sein.«

»Das können Sie laut sagen.«

»Weshalb sind Sie so erledigt?«

Ich hob die Schultern. »Das ist eine lange Geschichte, Lady. Vielleicht zu lang.«

»Okay, erzählen Sie sie mir, wenn wir mal mehr Zeit haben. Wohin wollen Sie denn?«

»In die nächste Ortschaft und zu einem Telefon.«

»Abgemacht.«

»Ist es weit?« fragte ich.

»Nein, nicht sehr.« Sie startete.

Erst jetzt kam ich dazu, mir die Frau genauer anzusehen. Teufel, die hatte Rasse. Manche hätten sie als schwarzhaarigen Vamp bezeichnet. Mit dieser Beschreibung hätten sie so ziemlich den Nagel auf den

Kopf getroffen. Ihr Haar war lockig schwarz, das Gesicht besaß einen dunklen Teint, in dem die roten Lippen besonders auffielen. Schmuck glänzte an ihren Fingern. Die Nägel zeigten die gleiche Farbe wie der korrekt nachgemalte Mund, der zu einem Lächeln verzogen war. Sie trug dunkle, schlichte Kleidung, aber aus einem sehr teuren Material gefertigt. Auf dem Rücksitz hatte ich beim Einsteigen einen Zobel entdeckt. Zu den ärmsten Menschen schien die Frau nicht zu gehören.

Sie fuhr nicht sehr schnell, mir eigentlich zu langsam. Fast kam sie mir wie eine Person vor, die diese Straße zum ersten Mal befährt.

Ich sprach sie an. »Sie stammen von hier?«

»Nein.« Ihre Stimme klang dunkel. Sie besaß auch einen fremdländischen Akzent.

»Mir ergeht es ebenso.«

»Ich bin auch fremd hier. Hatten Sie einen Unfall?«

»So ähnlich.«

»Betrunken sind Sie nicht.«

»Ich hatte auch keinen Unfall mit dem Wagen, nur eine kleine Auseinandersetzung.«

»Verstehe.«

Ich streckte die Beine aus und wollte eigentlich die Augen für einen Moment schließen, um mich zu entspannen und mich gleichzeitig auf das Gespräch mit London vorzubereiten, dazu kam es nicht mehr. Mein Blick war zufällig auf die Mitte des Lenkrads gefallen, und da entdeckte ich ein bestimmtes Signet.

Einen gezackten Blitz. Das Markenzeichen der Autofirma Opel. Eigentlich hatte ich mich unter Kontrolle halten wollen, schrak trotzdem zusammen, und die Fahrerin wurde aufmerksam. »Haben Sie was, Mister?«

»Nein, nein, ich...« Mein Lächeln wirkte unsicher, während sich hinter meiner Stirn die Gedanken überschlugen.

Zufall oder nicht?

Auch Abdul Kaifa hatte einen Opel gefahren und

ebenfalls einen dunklen Wagen.

Sollte es der gleiche gewesen sein? Wenn dieser Verdacht zutraf, musste die schwarzhaarige Frau zur Arabian Force gehören.

Dann wäre ich vom Regen in die Traufe geraten.

»Gehört Ihnen der Wagen?« fragte ich so locker wie möglich.

»Nein, ich habe ihn mir in Manchester geliehen. Es war leider kein anderer zu bekommen.«

»Ach so.«

Sie lachte. »Mögen Sie das Fabrikat nicht?«

»Ich habe nichts gegen einen Opel, nur hätte ich Ihnen, so wie Sie aussehen, ein anderes Fabrikat zugetraut.«

»O danke für das Kompliment.«

»Es war ehrlich gemeint. Mein Name ist übrigens John Sinclair.« Jetzt war ich gespannt auf ihre Reaktion. Ich schielte sie von der Seite her an, doch ihr Gesicht blieb maskenhaft starr.

»Ich heiße Olivia Sardi.«

»Der Name passt zu Ihnen.«

»Aber nicht der Wagen.«

»Das ist etwas anderes.«

Ich starrte nach vorn. Wir fuhren in eine Kurve und weiter auf einen Feldweg, der in ihrem Scheitelpunkt abzweigte.

»He, sind wir nicht falsch?« fragte ich.

»Nein. Sie wollten doch so rasch wie möglich in den nächsten Ort gelangen. Das hier ist eine Abkürzung.«

Ich glaubte ihr plötzlich nicht. Vielleicht lag es am
Klang der Stimme, jedenfalls wollte ich auf

dieser Strecke nicht mehr weiter. Meine Hand näherte sich dem Zündschlüssel, um ihn abzuziehen, als mich ihr scharfer Befehl erreicht.

»Finger weg!«

Gleichzeitig schaltete sie das Fernlicht ein und bremste ab. Ich rutschte in den Gurt, dann wieder zurück, und meine Augen weiteten sich vor Staunen und vor Entsetzen, denn im Fernlicht entdeckte ich — den Horror-Helikopter!

Für drei Männer in London wurde die Nacht zu einer wahren Schreckenszeit. Nicht weil sich Sir James Powell, Mark Baxter und Suko gegen irgendwelche Dämonen zu verteidigen gehabt hätten, das wäre für sie noch zu ertragen gewesen, nein, sie mussten warten, ob der Helikopter nun gefunden wurde oder nicht.

Die Frage schwebte über ihnen wie ein scharfes Schwert. Es gab keinen, der sie hätte beantworten können.

Baxter und Suko taten nichts. Sir James telefonierte hin und wieder mit hohen Regierungsstellen. Er wollte sich eine Tür offenhalten. Fünf Milliarden Pfund waren zwar kein Pappenstiel, aber für den Notfall sollten sie bereitgehalten werden.

Die Verantwortlichen lehnten ab.

Ziemlich deprimiert kehrte Sir James nach dem dritten Gespräch zu den Wartenden zurück. Sie hockten in Sukos Büro, in dem auch John Sinclair seinen Schreibtisch hatte. Vor Baxter stapelten sich die leeren Pappbecher. Er hatte den Automatenkaffee schon literweise getrunken, aber das half auch nichts.

»Auf dieses Pferd können wir nicht mehr setzen!« erklärte der Superintendent. »Es ist außerdem mein letzter Anruf gewesen, ich möchte mich nicht lächerlich machen.«

Dafür hatten Baxter und Suko Verständnis. »Was ist mit der Fahndung?« fragte der CIA-Mann.

»Sie läuft.«

»Erfolgreich?«

»Nein, noch nicht. Aber was sollen wir machen? Sämtliche Radarstellen sind alarmiert worden. Keine hat die Maschine bisher auf ihrem Schirm gesehen. Sie muss aus einem von Radarstrahlen nicht auszumachenden Material gebaut worden sein. Etwas anderes kann ich mir nicht vorstellen, meine Herren.«

Suko trank einen Schluck von seinem ungesüßten Tee. »Dann bleibt uns nur mehr die normale Überwachung«, erklärte er. »Wir wollen hoffen, dass die von uns eingesetzten Hubschrauber und Flugzeuge den Stachel im Fleisch entdecken.«

»Sicher.«

Sir James nickte.

Er und Suko horchten auf, als sie Baxters Lachen vernahmen. »Dabei ist Ihr Land nicht so groß. Stellen Sie sich vor, das gleiche wäre in den Staaten passiert.«

»Dann hätten wir wenigstens den Ärger nicht«, sagte Sir James.

»Na, Sie haben Humor.«

»Den britischen«, erklärte der Superintendent trocken.

»Kommen wir mal zu den ernsteren Dingen. Bei uns in den Staaten wäre es fast unmöglich, den Hubschrauber zu finden. Das Land ist einfach zu groß und von gewaltigen Gebirgen durchzogen. Es gibt also genügend Schlupfwinkel. Aber England?«

»Kann der berühmte Heuhaufen werden, in dem wir die noch berühmtere Nadel finden sollen«, sagte Suko.

»Das müsste doch zu machen sein. So groß ist der Heuhaufen nun wirklich nicht.«

»Nun ja, ich will Ihnen sagen, dass wir auch nicht die militärischen Kapazitäten besitzen, wie Ihre Landsleute. Wir sind schon auf der Suche mit allem, was wir fast haben. Es wird Beschwerden hageln wegen des ruhestörenden Lärms. Um London haben wir praktisch einen dichten Ring gelegt.«

»Wer sagt Ihnen denn, dass der Helikopter London angreifen wird?«

»Davon gehen wir aus, Mr. Baxter. Es wäre für diese Arabian Force am wirkungsvollsten.«

»Aber auch gefährlich«, meinte Suko.

»Denk daran«, sprach Baxter gegen. »Die Außenhaut des Helikopters ist unzerstörbar.«

»Wenn Magie mit im Spiel sein sollte, müssen wir sie ebenfalls mit Magie bekämpfen. Wenn ich nahe genug an den Helikopter herankomme, weiß ich wie ich ihn knacke.«

»Wie denn?«

Suko holte die Dämonenpeitsche hervor. »Damit, Mark.«

»Ich drücke dir die Daumen.«

»Und von Sinclair hören wir auch nichts«, sagte Sir James. »Er hätte wenigstens von unterwegs anrufen können. Wir sitzen hier und warten darauf, ob er überhaupt kommt.«

»Die Reise von Schottland nach London zieht sich in die Länge, Sir.«

»Ich weiß, Suko, ich weiß. Telefonzellen gibt es schließlich genug. Auch an den Motorways.«

»Und wenn er nicht dazu gekommen ist, anzurufen?« fragte Mark Baxter. »Wenn man ihn daran gehindert hat?«

»Die Arabian Force.«

»Ja, Sir.«

»Dann müsste John den Hubschrauber eher gefunden haben, als unsere Überwachung...«

»Vielleicht hat der auch ihn gefunden, Sir. Denken Sie mal daran.«

»Dann würde er in Gefahr schweben.«

»Das nehme ich an.«

Mark stand auf und reckte sich. »Ich kenne John nicht so gut wie sie, allein die Tatsache, dass er nicht anruft, lässt mich misstrauisch werden.«

»Uns auch«, sagte Suko.

»Vielleicht sollte man die Suche auf die Strecke konzentrieren, die John fährt. Er wird den kürzesten Weg über die Motorways nehmen. Möglicherweise müsste die Umgebung dort durchforscht werden. Ist nur ein Vorschlag«, lächelte Mark.

»Und kein schlechter«, ergänzte Sir James.

»Dann leiten Sie...«

Der Superintendent winkte ab. »Wissen sie, Mr. Baxter, bei uns spricht man oft von den arroganten Amerikanern. Das ist nicht gegen Sie persönlich gemünzt, aber auch wir Europäer haben gute Ideen. Was Sie vorgeschlagen haben, ist von mir bereits längst in die Wege geleitet worden.« Sir James hob die Schultern. »Sind Sie jetzt enttäuscht?«

»Das Gegenteil ist der Fall. Überhaupt nicht. Wir sind schließlich keine Konkurrenten, sondern Partner. Ich bin froh, dass zwei Männer so gedacht haben.«

»Dann wird es wohl richtig sein«, bemerkte Suko.

»Dazu kann man uns nur die Daumen drücken.«

»Sag mal, Mark, diese Frau, die du im Hotel getroffen hast. Du hast sie zum ersten Mal gesehen — oder?«

»Ja.«

»Kann sie nicht die weiche Stelle in der Arabian Force sein?«

Baxter lachte. »Weil sie eine Frau ist? Nein, Suko, vertu dich da mal nicht. Die ist knallhart. Das ist eine Lady aus Stahl, nicht nur aus Eisen, wie eure.«

»Fs war eben nur eine Frage.«

Baxter klemmte sich eine Zigarette in den linken Mundwinkel, rammte die Hände in die Hosentaschen und ging im Büro auf und ab. »Wenn du gesehen hättest, wie cool die an der Bar reagierte und mit welch einer Selbstverständlichkeit sie in die Maschine kletterte, würdest du anders reden.«

»Ja, das ist möglich.«

»Es bleibt dabei. Sie ist...«

Das Telefon läutete. Wie immer, so zuckten die Männer auch jetzt zusammen. Wie war die Nachricht? Positiv — negativ?

Sir James nahm ab. Gleichzeitig schaltete er den Lautsprecher ein, damit die beiden anderen auch mithören konnten. Ein gewisser Captain Murphy meldete sich.

»Sir«, sagte er mit militärisch harter Stimme.

»Wir haben ihn entdeckt!«

»Wo?«

»Nördlich von London!« »Und sein Kurs?«

»Richtung Süden. Also auf London zu. Ich schätze, dass er, wenn er so weiterfliegt, die Stadt oder die Außenbezirke in gut einer halben Stunde erreicht haben wird...«

»Das reicht, Captain, danke, Sie hören wieder von uns.«

»Was sollen wir tun, Sir?«

»Nichts, Captain, am besten gar nichts. Oder so weitermachen, wie bisher. Sie hören von uns!«

Suko und Mark waren bereits aufgesprungen und hatten ihre Jacken übergestreift.

»Und ich will dabei sein«, sagte Sir James, der das Büro als letzter verließ...

Reingefallen — aus.

Die verdammte Falle war letztendlich doch noch zugeschnappt. Ausgerechnet eine Frau hatte mich erwischt, eine Person, der ich mein Vertrauen geschenkt hatte. Weshalb sollte es mir auch anders ergehen, als vielen Männern im Laufe der letzten 5000 Jahre?

Ich schaute sie an.

Auch sie hatte sich so gedreht, dass sie mich ansehen konnte. Und sie besaß noch ein drittes Auge.

Es war das einer Pistole, die sie in der Hand hielt. Sie verzog die Lippen. Ihr Lächeln glich dabei dem einer Pistolenmündung. »Glauben Sie, wir machen es uns so einfach, Sinclair? Nein, auch wir können nachdenken. Sie sind schlau, Sinclair, aber kein Fuchs.«

»Das habe ich gemerkt. Nur leider etwas zu spät. Ich hätte schon reagieren sollen, als mir auffiel, dass sie mit Kaifas Opel gefahren sind.«

»Stimmt, das war unser wunder Punkt. Aber Sie waren so froh, gerettet zu werden, dass Sie an alles andere nicht dachten. Auch Sie sind nur ein Mensch, und Menschen haben nun mal Fehler, Sinclair. Das ist nicht zu ändern.«

»Leider«, sagte ich. »Darf ich fragen, wie es jetzt weitergeht, Miss Sardi?«

»Das ist einfach. Nadir Shive hat beschlossen, Sie auf seinem Flug mitzunehmen. Sie sollen erleben, wie es ist, wenn wir London angreifen und Waffen nichts gegen uns ausrichten können. Das wird völlig neu für Sie sein, aber nicht uninteressant.«

»Ich kann mir trotzdem etwas Besseres vorstellen.«

»Das glaube ich Ihnen gern. Nur haben Sie keine Chance, Mr. Sinclair. Auch wenn sie mich überwältigen könnten, sind Sie verloren. Schauen Sie mal nach draußen.«

Während unseres Gesprächs hatte ich nicht auf den Hubschrauber und dessen unmittelbarer Umgebung achten können. Jetzt aber sah ich mich um. Was mir da gezeigt wurde, ließ meine Hoffnungen in Richtung Gefrierpunkt sinken.

Ohne dass es mir aufgefallen wäre, hatten die bewaffneten Mitglieder der Arabian Force den Helikopter verlassen und den Opel umstellt. Ihre schallgedämpften Waffen wiesen aus vier verschiedenen Richtungen auf das Fahrzeug.

»Sie haben keine Chance mehr, Sinclair!«

erklärte Olivia Sardi. Stolz schwang dabei in ihrer Stimme mit.

Ich hatte eine Hand zur Faust geballt. Ein Zeichen meiner Wut und auch meines Ärgers darüber, dass ich so blind in die Falle getappt war. Mein Blick glitt durch die Frontscheibe.

Eine der Gestalten lag auf der Kühlerhaube, den Arm vorgestreckt, so dass die Revolvermündung das Glas berührte. Dahinter verschwamm der Gegenstand, den er als Gesicht bezeichnete, in der Dunkelheit. Nur die Augen fielen mir auf. Die bleichen Löcher.

Ich sah wieder auf Olivia Sardi. »Wer sind diese Wesen? Oder was waren sie einmal? Menschen?«

»Was glaubst du?«

»Ich kann es mir nicht vorstellen. Ich habe schon oft genug mit Zombies zu tun gehabt, aber diese hier sind anders.«

»Ja, das stimmt.« Sie nickte mir zu.

»Die Arabian Force ist etwas Besonderes.«

»Wer sind sie?«

»Sie kommen aus der Wüste. Sie haben den Geist des Scheitans in sich. Sie leben wieder.«

»Wie haben sie in der Wüste existiert? Als Tote in Felsengräbern?«

»Sie wurden dem Teufel geweiht. Mehr will ich dir darüber nicht sagen. Vielleicht kann ich es auch nicht.«

»Aber Sie gehören nicht dazu?«

»Doch!«

»Zur Mannschaft ja, nur nicht zu diesen Wesen. Sind Sie der einzige Mensch?«

Die Sardi wollte nicht antworten. Unwillig schüttelte sie den Kopf. »Wir werden jetzt gehen. Nadir Shive wartet bereits auf uns. Man soll ihn nicht warten lassen.«

»Moment noch«, sagte ich. »Soll ich tatsächlich mit euch fliegen?« »Ja.«

»Weshalb?«

»Du sollst erkennen, wie stark wir sind. Und du wirst sehen, wie es ist, wenn wir angegriffen werden. Sie werden es versuchen, wir sind ja nicht unsichtbar, wenn es auch manchmal den Anschein hat, weil wir nicht auf den Radarschirmen erscheinen. Aber Nadir Shive hat gespürt, dass sich die Engländer querstellen wollen. Sie zeigen nicht den Mut, auch zu zahlen, sie sind zu geizig...«

»Wie hoch war noch die Summe?«

»Fünf Milliarden Pfund.«

»Das ist sehr viel Geld.«

»Nicht zu viel für reiche Industrienationen. Die Amerikaner hätten sich beteiligen können...«

»Nun ja, so einfach geht es nicht.« Ich schüttelte den Kopf, was Olivia wunderte. »Ist noch etwas?«

»Ja, ich wundere mich darüber, dass eine Frau wie Sie hier mitmacht, Miss Sardi. Sie begeben sich auf ein sehr dünnes Eis. Sie sind nicht, wie es eigentlich hätte sein sollen, von Menschen umgeben, sondern von Untoten, von Geschöpfen der Hölle...«

»Es macht mir nichts!« erklärte sie. Ihre Gesichtszüge verhärteten sich dabei.

»Es macht mir überhaupt nichts.«

»Darf ich fragen, was Ihre Motive sind? Was leitete Sie, derartige Dinge zu tun?«

»Macht!«

»Kann ich mir vorstellen. Auch Geld?« »Natürlich.«

»Bliebe von den fünf Milliarden auch etwas für
Sie persönlich über?«

»Bestimmt. Aber das ist nicht wichtig. Wir hätten
die Macht, nur das zählt bei uns.«

»Wenn Sie meinen...«

»Öffne die Tür, und dann raus mit dir. Noch eine Warnung, Sinclair: Sei vorsichtig! Versuche nur
nicht, den Helden zu spielen. Du wärst schneller
tot, als du denken kannst.«

»So menschenfreundlich plötzlich?«

Sie hob die Schultern, und ich sah, dass sich
in ihre Augen ein anderer Blick stahl, den ich
allerdings nicht zu deuten verstand. War es
eine Warnung, ein Abschiedsgruß? Es spielte
eigentlich auch keine Rolle mehr. Ich drehte mich
herum und stieß die Tür auf.

Eine der Gestalten musste zur Seite weichen, um nicht getroffen zu werden. Aus dem
geheizten Wagen kletterte ich in die Kälte, die
mich frösteln ließ.

In der Tat hatte ich nicht die Spur einer Chance.
Sie standen überall und richteten ihre schallgedämpften Waffen auf mich. Der Weg zum
Hubschrauber war einfach. Ich brauchte nur mehr
geradeaus zu gehen, um die Maschine zu erreichen.

Der Einstieg stand offen.

Rechts und links von ihm hatten sich zwei Mitglieder der Arabian Force aufgebaut.

Düstere, schwarzgraue Gestalten, die lange
Mäntel trugen, Wüstenkleidung eben.

Ich schaute sie mir genau an. In ihren Gesichtern waren keine Merkmale zu erkennen, nicht einmal Münder und Nasen sah ich, nur die blassen Flecke, die sich Augen nannten.

Ich stellte meinen Fuß auf die Stufe der Trittleiter und schwang mich hoch.

Vor dem Instrumentenbrett mit dem Bedienungspult hockte derjenige, der für all die schrecklichen Dinge die Verantwortung trug.

Nadir Shive!

Auch jetzt, aus der Nähe, war er nicht genau zu erkennen, da das schwache Licht der Instrumentenbeleuchtung praktisch an ihm vorbeifloss. Aber er drehte sich um, als ich im Helikopter stand, und streckte mir seinen Arm entgegen.

Es war eine Klaue mit dicken Fingern, die mich an schwarz eingefärbte Würste erinnerten.

Um in sein Gesicht zu schauen, musste ich den Kopf senken, und ich dachte daran, dass er seine Haut abgegeben hatte, um den Hubschrauber unzerstörbar zu machen.

»Endlich sehen wir uns!« begrüßte er mich mit einer Stimme, die zwar aus dem hervordrang, was man als Mund bezeichnen konnte, aber mir so vorkam, als käme sie aus einer anderen Welt. Sie hallte mir entgegen und verhallte auch wieder.

Ich bekam Gelegenheit, ihn mir genauer anzuschauen. Was war er für ein Wesen?

Ein Mensch ohne Haut?

Eigentlich sah es nicht so aus. Jedenfalls umschloss die lange, gewandähnliche Kleidung eine Gestalt, die glänzte, als hätte man sie mit schwarzer Lackfarbe bestrichen.

Und seine Augen wirkten wie weiße Knöpfe innerhalb der dunklen Masse. Er lachte mich an. »Du bist überrascht, mich so vorzufinden?«

»In der Tat.«

»Weißt du, wer ich bin?«

»Nadir Shive!«

»Ja, das ist mein Name, aber weißt du auch, was dahinter steckt?«

»Tut mir leid...«

»Du kannst nicht überall sein, aber der Teufel ist überall. Ich habe mit ihm Kontakt aufgenommen...«

»Tatsächlich mit ihm?«

»Wir nennen ihn anders. Wir sagen Scheitan zu ihm. Er lebt in der Hölle, aber seine Kraft ist gewaltig. Sie strömt auch zu uns, und wir brauchen nur zuzugreifen.«

»Du hast zugegriffen?«

»Ja. Ich habe geforscht. Ich habe die alten Stätten aufgesucht, wo unsere Vorfahren dem Teufel schon gedient haben. Da ist noch etwas zurückgeblieben, kann ich dir sagen. Man brauchte nur zuzugreifen. Ich erreichte eine alte Opferstätte in der Wüste, wo dem Götzen Baal damals viele Menschen geopfert wurden. Da wusste ich, dass dies der Platz war, den ich gesucht hatte.«

»Du hast mit Baal...?«

»Ob Baal oder den Scheitan? Ist es nicht egal? Ich wollte nur die Magie, die mir Kraft geben sollte, und ich bekam sie auch. Nächtelang habe ich sie beschworen, dann spürte ich, dass sich in der Erde etwas regte. Es lauerte etwas im Boden.«

»Und was?«

»Meine Diener, meine Freunde, meine Wegbegleiter. Sie gingen mit mir, sie merkten, dass hier jemand war, der sie aus den Tiefen der Erde befreien konnte, denn sie waren diejenigen, die man vor langer Zeit dem Götzen Baal geopfert hatte. Es waren die schrecklichen Rituale gewesen, denn man zog ihnen die Haut vom Körper und weihte sie dem Dämon.«

»Das hast du auch getan?«

»Ja, das habe ich. Es war meine große Prüfung. Ich musste meine Haut hergeben, um die Macht und die Kraft des Götzen erreichen zu können. Das tat ich auch.«

»Wie?«

»Es war leicht und trotzdem schwer. Ich entzündete ein besonderes Feuer, in das ich hineinging. Meine Haut schmolz zusammen, und ich konnte sie vom Körper ziehen. Ich selbst verbrannte nicht, auch wenn es so aussieht, aber ich bekam eine dunkle, zweite Haut, die wie eine Pelle über meinem Körper liegt, so dünn und leicht glänzend.«

»Ja, das sehe ich.«

»Und wie ging es weiter?«

»Als ich mich dem Götzen geweiht hatte, vernahm ich die Stimme des Scheitans, der mir befahl, zum Anführer der alten Toten zu werden. Ich holte sie aus den Gräbern, wir berieten und gründeten die Arabian Force. Wir gaben uns einen modernen Namen, wir wollten im Heiligen Krieg mitmischen, aber mit anderen Motiven. Bei uns steht nicht Allah an erster Stelle, sondern der Scheitan. Und wir holten uns den Hubschrauber, besaßen jetzt unsere erste Waffe und überzogen sie mit meiner Haut. So machten wir ihn unzerstörbar.«

»Gegen Waffen?« fragte ich.

»Ja.«

»Aber auch gegen Magie?«

Ich bekam nicht sofort die Antwort.

»Wie meinst du das?«

»Wäre es möglich, dass es eine Magie gibt, die stärker ist als die des Teufels?«

Er lachte auf. Und wieder hallte dieses Geräusch in meinen Ohren.

»Stärker als der Teufel?«

»Sicher!«

Er schüttelte den Kopf. »Nein«, sagte er laut. »Der Teufel ist stark. Wen er unter seinen Schutz genommen hat, der kann sich glücklich preisen, das solltest du wissen.«

Er stand auf. Wie ein alter Mann stemmte er sich in die Höhe. Meine Größe erreichte er nicht, wir konnten uns trotzdem in die Augen schauen. Ich sah die weißen Ovale inmitten des Gesichts, das tatsächlich wirkte, als wäre es von außen mit einer dünnen Fettschicht überpinselt worden.

Die Muskeln, der Brustkorb, all das war unter seiner langen Kutte verborgen, die er jetzt zurückschlug. »Willst du mich anschauen?« fragte er. »Willst du sehen, dass ich dich nicht angelogen habe? Dass ich tatsächlich so stark bin?«

»Ich glaube es dir.«

Er sah scheußlich aus. Wie ein Superheld aus dem Comic, der praktisch auch nur aus gezeichneten Muskelpaketen bestand. Nur waren sie bei ihm nicht so dick, dafür glänzten sie stark, und ich sah auch die Adern deutlich hervortreten, die durch keine Haut mehr geschützt waren. Er bot für mich einen scheußlichen Anblick.

»Du glaubst mir jetzt, nicht wahr?«

»Ja.«

»Hast du noch Fragen?« »Einige.«

»Gut, die Zeit gebe ich dir noch, bevor wir starten. Was willst du wissen?«

»Womit hast du dich eingerieben? Was ist es, dass dich so stark schützt?«

»Blut«, flüsterte er. »Dämonenblut. Es ist nicht jedem vergönnt, aber ich durfte mich damit einreiben. Ich bekam es als Dankbarkeit dafür, dass ich mir die Haut vom Körper gezogen habe. Es ist das alte Blut des Götzen Baal, das ich ebenfalls fand und das mich so sehr schützt. Meine Haut schützt diesen Hubschrauber, den wir entführten, und ich werde durch Baals Blut geschützt.«

»Was ist mit deinen Dienern?«

»Sie sind ebenfalls magisch beeinflusst. Sie haben als Tote lange in der Erde gelegen, bis Baals Magie sie hervorholte. Sie waren längst vermodert, aber aus dem Sand der Wüste entstanden sie neu. Sie sind keine Menschen mehr, auch keine Zombies im eigentlichen Sinne. Es sind Gestalten aus Wüstensand, die leben, das ist alles.«

»Ja, ich weiß Bescheid. Nur würde mich interessieren, was Olivia Sardi für eine Rolle spielt.«

»Oh, eine sehr wichtige. Manchmal braucht man Menschen, um mit Menschen sprechen zu können. Olivia ist mir treu ergeben. Ich rettete ihr einmal das

Leben, als man sie erschießen wollte. Seit

dieser Zeit steht sie fest auf meiner Seite.«

»Wer wollte sie erschießen?«

»Israelis! Sie war eine arabische Rebellin, deshalb sollte sie sterben.«

»Dann weiß ich Bescheid.«

Nadir Shive schickte mir so etwas wie ein Lachen entgegen. »Du hast bestimmt gedacht, du würdest sie auf deine Seite ziehen können. Nein, das ist unmöglich. So etwas schaffst du nicht. Olivia gehört zu mir, sie steht auf meiner Seite, und wird da bleiben — oder nicht, meine Liebe?«

»Wie kannst du so etwas fragen?« hörte ich ihre Stimme hinter mir. Ohne dass ich es bemerkt hatte, war sie mir nachgekommen und stand schon im Helikopter. Ich spürte auch den Druck der Mündung im Rücken, aber meine Gedanken bewegten sich in eine andere Richtung. Ich dachte an die Helfer des Nadir Shive und auch daran, dass es mir gelungen war, einen von ihnen zu erwischen.

Ich hatte ihm den Dolch in den Körper gestoßen, da war er zerfallen. Baals Magie hatte ihn nicht mehr beschützt, und es war noch nicht lange her, als gerade der Dämon Baal versucht hatte, meinen Dolch für immer zu behalten. Das war ihm nicht gelungen, ich war schneller gewesen, auch wenn es mich fast das Leben gekostet hätte.

Aber ich besaß eine hervorragende Waffe gegen diese unheimlichen Sandzombies.

Olivia verstärkte den Druck der Waffe.

»Wollten wir nicht starten, Nadir?«

»Natürlich.«

»Ich bewache ihn.«

»Gern. Aber suche ihn nach Waffen ab.«

Hinter mir lachte die Frau. »Nichts, dass ich lieber tun würde.«

An uns vorbei drängten sich die Sandzombies in den Hubschrauber. Ich konnte nichts tun und rührte mich auch nicht, als mir die Sardi die Beretta abnahm.

»Ich habe seine Pistole.«

»Gut. Hat er noch...?«

»Nein, sonst nichts!«

Über diese Antwort wunderte ich mich sehr. Sie musste bei ihrem Abtasten den Dolch eigentlich gefunden haben, aber sie erzählte nichts darüber.

Komisch...

Nadir Shive nahm auf seinem Pilotensitz Platz und schnallte sich an.

»Geht nach hinten und nehmt dort Platz. Die anderen kennen ihre Plätze.«

»Los, Sinclair, vorwärts!«

»Gern, Madame!«

»Dein Spott wird dir noch vergehen. Darauf kannst du dich verlassen, Bulle.«

»Ich habe eben Humor.«

»Galgenhumor!«

»Auch den!«

»Geh weiter, Sinclair! Ich möchte hier nicht festwachsen, und wir wollen dir schließlich ein tolles Schauspiel bieten. Du wirst London einmal aus einer völlig anderen Sicht erleben.«

»Scheint mir auch so. Gibt es auch Fallschirme an Bord?«

Sie lachte laut. »So etwas brauchen wir nicht. Oder hast du vergessen, dass die Haut des Helikopters unzerstörbar ist?«

»Ich hatte es tatsächlich vergessen. Mich würde allerdings interessieren, woher der Hubschrauber stammt. Wem habt ihr ihn gestohlen?«

»Den Israelis!«

»Und die Besatzung?«

»Ihre Knochen bleichen in der Wüstensonne!«

»Ja«, sagte ich leise. »Jetzt ist mir alles klar.«

Ich ging tiefer in den Bauch des Hubschraubers. An beiden Seiten sah ich die Sitzbänke, wo die Besatzung ihre Plätze finden konnte. Griffe und Haltestangen waren ebenfalls vorhanden, auch Hosenträgergurte zum Anschnallen.

Luken und Klappe konnte ich kaum erkennen. Sie waren voll in die Außenhaut des Helikopters integriert. Aber ich entdeckte die Greifarme, die zusammengeklappt waren und sich durch Fernbedienung lenken ließen. Sie holten von außen alles herein, was der Pilot wollte.

Technik und Magie waren hier eine perfekte Verbindung eingegangen. Auch fiel mir der Geruch auf. Es roch nicht nach Öl, Fett oder einfach nach Eisen, sondern mehr nach altem Staub, der einen Modergeruch abgab. Zum Beginn hatte er mich etwas gestört, nun hatte ich mich daran gewöhnt.

In der Nähe des Hecks konnte ich nicht mehr aufrecht stehen und musste den Kopf einziehen. Als ich stehenblieb, spürte ich wieder den verstärkten Druck der Waffenmündung.

»Geh vor und setz dich auf die schräg stehenden Sitzklappen.« Sie meinte die Reihe von Sitzklappen, die man als Notsitze bezeichnen konnte. Sie bildeten einen rechten

Winkel zu den übrigen Plätzen, die allesamt von den Sandzombies eingenommen wurden. Bisher hatten weder Nadir Shive noch Olivia Sardi bemerkt, dass einer der Unheimlichen fehlte. Ich würde einen Teufel tun und sie daran erinnern, nein, ein Gegner weniger, das konnte nur gut sein.

Die Sardi fand ihren Platz neben mir. Sie schaute mich an und hielt auch die Waffe auf mich gerichtet. »Schnall dich an!«

»Wie Sie meinen!«

Ich griff nach einem Gurt, der schräg über meinen Brustkorb lief. Die Sardi tat es mir nach.

Mein Blick stach in den Hubschrauber hinein. Dort sah ich die Sandzombies hocken. Wie zufällig wiesen die Mündungen der schallgedämpften Waffen auf mich.

»Stammen die Schießeisen ebenfalls aus israelischen Beständen?« fragte ich.

»Ja.«

»Sind die nicht sauer auf euch?«

»Wer ist das nicht?«

Sie lächelte kalt. »Auch die Amerikaner sind es. Sie haben versucht, den Hubschrauber zu stehlen. Einer ist dabei umgekommen, der zweite konnte entwischen, mit ihm habe ich vor einigen Stunden noch geredet. Du kennst ihn auch.«

»Ja, Mark Baxter!«

»Ist er gut?«

Ich zögerte mit einer Antwort und schaute zu, wie der Einstieg geschlossen wurde. »Gut? Was heißt das? Er ist einer der Besten, sonst wäre er euch nicht entwischt.«

»Das habe ich auch gedacht. Er muss wirklich ein besonderer Mann sein.« Die Sardi schaute mich lauernd an, aber ich gab mich gleichgültig und hob nur die Schultern.

Im nächsten Moment durchlief ein gewaltiges Zittern die Maschine, als der Motor angelassen wurde.

Auch ich merkte das Vibrieren. Die Schwingungen schüttelten mich durch. Unwillkürlich klammerte ich mich fest, sah das kalte Lächeln auf Olivias Lippen und hörte ihre Frage. »Furcht?«

»Kaum. Ich bin schon mehr als einmal mit einem Hubschrauber geflogen und habe auch selbst auf dem Sessel des Piloten gesessen. Also keine Panik.«

Noch standen wir, dann spürte ich die Kraft des Motors, die sich auch auf die Rotorblätter übertrug.

Ein kurzer Ruck, wir hoben ab.

Im ersten Moment schien mir der Magen in die Kehle zu steigen, das war immer so. Nach kurzer Zeit hatte ich mich daran gewöhnt. »Welchen Kurs nehmen wir?« fragte ich die Sardi.

»London«, erwiderte sie...

Also doch!

Bisher hatte ich meine Gefühle unterdrücken können. Nun aber bekam ich doch so etwas wie Furcht. Nicht so sehr um mich, ich dachte an die Millionen von Menschen, die in dieser gewaltigen Stadt lebten.

Nadir Shive hatte einen dritten Angriff versprochen und auch erklärt, dass es diesmal Menschenleben kosten könnte.

In London befanden sich aber auch Sir James Powell, Suko und Mark Baxter.

Wie ich die drei kannte, hatten sie bestimmt

nichts unversucht gelassen, um den Helikopter zu finden. In eine Radarfalle konnte er nicht hineinfliegen, doch es gab auch andere Möglichkeiten, um ihn zu entdecken. Bestimmt hatten sie einen Überwachungsring eingerichtet. Sie wussten von der Gefahr, die auf sie zukam, sie waren gewarnt worden, und sie würden die Hände nicht in den Schoß legen.

Mein Blick verirrte sich nach draußen. Viel sah ich nicht. Der Himmel und die Nacht bildeten eine Einheit, die ohne Grenze verlief. Um die Gestirne sehen zu können, war es einfach zu bedeckt. Nur der Mond schimmerte hinter den blassen Wolkenbergen.

Ich drehte den Kopf wieder und schaute in den Hubschrauber hinein, wo die Sandzombies hockten. Stumme, stoisch glotzende Gestalten, die alles übersieh ergehen ließen. Durch Magie wurden sie am Leben erhalten, eine andere Magie aber konnte sie vernichten. Ich dachte dabei an meinen Dolch, nur war es mir momentan unmöglich, ihn einzusetzen. Die Kugeln wären immer schneller gewesen.

»Du suchst nach einen Ausweg, nicht wahr?« fragte die Sardi.

»Natürlich!«

»Es gibt keinen!«

»Noch lebe ich.«

»Eine tolle Einstellung, aber wir sind zu viele. Und du wirst auch nichts gegen Nadir Shive unternehmen können, obwohl er sichtbar keine Waffe bei sich trägt.«

»Was steckt also dahinter?«

»Er ist selbst eine Waffe.«

Ich schaute Olivia erstaunt an und bemerkt auch, dass die Mündung der Waffe nicht mehr auf mich wies. Sie zeigte jetzt an mir vorbei, weil die Pistole schräg in ihrem Schoß lag. »Das müssen Sie mir genauer erklären.«

Sie legte den Kopf zurück und schaute gegen die Decke, wo dicht darunter Haltestangen entlangliefen. Sie glänzten in einem matten Schwarz. »Er ist tatsächlich selbst eine Waffe. Wenn alle Stricke reißen, wird er dich umarmen wie einen Freund, aber er ist ein Feind, sogar ein Todfeind, denn die Umarmung wird tödlich sein, damit musst du rechnen. Die dünne Schicht, die sein Fleisch schützt, ist wie eine Säure, die alles zerstört. Sie kann Menschen vernichten. Sie sorgt dafür, dass diese anfangen, sich aufzulösen.« »Was bleibt zurück?«

»Ein Skelett!« Olivia nickte. »Ich habe es gesehen, als er einen Toten umarmte. Es war der Freund des Agenten Baxter. Im Hyde Park schleuderten wir Baxter das Skelett seines Freundes vom Hubschrauber her vor die Füße.«

»Und weiter?«

»Nichts weiter. Ich wollte dir damit nur beweisen, dass wir bereits in London waren. Wir sind dann zurückgeflogen, weil Nadir den Ruf des Abdul Kaifa vernahm.«

»Und jetzt soll die Stadt angegriffen werden?«
»Ja.«

»Wo genau?«

»Welches Ziel würdest du dir denn aussuchen?«
»Ich weiß es nicht!« Olivia verzog die Lippen.

»Du weißt es schon. Du willst es nur nicht sagen, aber ich denke anders darüber. Zudem hat sich Shive schon entschlossen.«

»Bitte, ich warte.«

»Er wird sich einen bestimmten Ort vornehmen, der in der Londoner City liegt. Eine Touristenhochburg im Sommer und...«

»Soho!«

»Richtig, Sinclair. Der Helikopter wird Soho angreifen. Wir werden in eine der zahlreichen Straßen hineinfliegen und dort die Panik verbreiten, und niemand wird uns stoppen können!«

Sie hatte diesen Satz zwar gesprochen, aber nicht mehr mit dem Fanatismus in der Stimme, wie ich ihn bei ihr kannte. Das wiederum wunderte mich ebenso wie die Tatsache, dass sie bei meiner Durchsuchung mir den Dolch nicht abgenommen hatte. Je länger ich mit Olivia Sardi zusammensaß, umso mehr Rätsel gab sie mir auf.

Sie starrte ebenfalls geradeaus, so dass ich sie von der Seite her anschielen konnte. Ihre Lippen bewegten sich nicht, auch die Wangen blieben starr. Welche Gedanken sich hinter ihrer Stirn bewegten, darüber konnte ich nur spekulieren, aber ich würde wohl nie den wahren Kern treffen.

»Woran denkst du, Sinclair?«

»An Sie.«

»O danke. Gibt es ein spezielles Thema?«

Ich hatte beschlossen, sie zu testen. »Wissen Sie, Olivia, ich frage mich, aus welchem Grund Sie mir eine bestimmte Waffe gelassen haben.«

»Wieso?«

»Bei der Durchsuchung strichen ihre Hände über einen Gegenstand, den sie bestimmt identifiziert haben.«

»Welchen meinen Sie?«

»Den Dolch!«

Olivia gab keine Antwort. Mein Blick fiel auf ihre Hände. Die Rechte um krampfte den Griff der Pistole, die Linke war ebenfalls zur Faust geballt.

»Liege ich so falsch?«

»Lassen wir das, Sinclair!« erwiderte sie soeben hörbar.

»Wer sind Sie?«

»Olivia Sardi!«

»Okay, das weiß ich. Ich möchte noch einen Schritt weitergehen. Ist Ihnen tatsächlich nicht aufgefallen, daß einer dieser Sandzombies in der Mannschaft fehlt?«

»Nein!«

»Es müßte doch einen leeren Platz geben. Und ich frage weiter. Wo könnte er geblieben sein?« »Ich habe keine Ahnung.«

»Olivia, ich glaube Ihnen nicht. Ich glaube Ihnen gar nichts mehr. Hoffentlich haben Sie das Spiel nicht überreizt.«

»Keine Sorge.« Sie erhob sich. Es interessierte sie auch nicht mehr, ob sie mich nun mit der Waffe bedrohte oder nicht. Irgendwie schien die Stimmung hier umzukippen. Dadurch wuchs natürlich meine Spannung sehr stark.

Konnte ich schon eingreifen?

Nein, es wäre einem Selbstmord gleichgekommen. Wir befanden uns in der Luft, und die hat zweifelsfrei ebenso wenig Balken wie das Wasser. Wenn ich hier eine Hölle entfachte, war die Gefahr eines Absturzes durchaus gegeben, wobei ich nicht gemeinsam mit den

Sandzombies sterben wollte.

Noch musste ich warten...

Diese Zeit verkürzte ich damit, in dem ich so oft wie möglich nach draußen schaute.

Es war noch immer nur wenig zu sehen. Die Dunkelheit, der finstere Himmel, Wolkenberge, mal ein Licht, dann aber tief unten auf dem Boden. Wie weit wir noch von London entfernt waren, das konnte ich nur schätzen. Ich wusste auch nicht, mit welcher Geschwindigkeit wir flogen, aber wir hatten den südlichen Kurs beibehalten.

In Soho wollte Nadir Shive also das Grauen entfachen. Ausgerechnet dort, wo zahlreiche Menschen wohnten, die in Panik verfallen würden, wenn diese Maschine plötzlich dem Boden entgegen schwebte und anfing anzugreifen.

Die Arabian Force wollte ein Exempel statuieren, das würde ihr auch gelingen.

Was konnte ich tun? Sie stoppen? Ich hatte mir ja viel in meinem Leben zugetraut, aber in diesem Fall blieb mir nichts anderes übrig, als abzuwarten.

Ich glaubte einfach nicht, dass meine Freunde in London einfach schliefen. Sie mussten etwas tun, sie konnten die Gefahr nicht auf sich zukommen lassen.

Ein Donnern und gleichzeitig hohles Pfeifen ließ mich aufmerksam werden. Es war von draußen an meine Ohren geklungen, und ich konnte mir vorstellen, was da passierte.

Zwei Sekunden später sah ich es auch.

Rechts von mir und auch hoch über dem Helikopter raste ein Schatten vorbei, ein Flugzeug!

Zufall, oder war es zur Beobachtung abgestellt?

Ich hatte keine Ahnung, drückte mir jedoch die Daumen, dass es einer der Abfangjäger war, der geschickt wurde.

Dann war er weg.

Dafür kehrte Olivia zurück. Sie blieb vor mir stehen und lächelte kalt.

»Na, Hoffnung bekommen?«

»So ungefähr.«

Sie hob die Schultern. »Das macht uns nichts, auch wenn man uns jetzt gefunden hat.«

»Meine Landsleute würden schießen!«

Sie winkte ab. »Hast du die unzerstörbare Haut vergessen, die den Hubschrauber umgibt. Nadir Shive schützt ihn. Du glaubst nicht, wie weit und lang sich seine Haut spannen ließ.«

»Wir werden sehen!«

Olivia Sardi nahm wieder neben mir Platz. Ich kümmerte mich nicht um sie, weil ich jetzt tatsächlich wissen wollte, ob das Vorbeihuschen des Düsenjägers nur

ein Zufall gewesen war und ob dem noch etwas folgte. Es sah nicht so aus.

Ungefähr zehn Minuten flogen wir unbehelligt in Richtung Süden. Es herrschten gute Wetterbedingungen, kaum Wind, also keine Turbulenzen.

Die Sandzombies verhielten sich auch weiterhin ruhig. Sie hockten da wie Puppen. Nur bei kleinen Unregelmäßigkeiten während des Flugs schwankten sie hin und her.

Das änderte sich.

Plötzlich meldete sich Nadir Shive über das Bordmikrofon. Seine Stimme hatte den hallenden Klang verloren, sie hörte sich jetzt kratzig und beinahe bösartig an.

»Es ist soweit, Sinclair«, erklärte er mir. »Wir werden in kurzer Zeit den Großraum London erreicht haben. Was dann geschieht, wird dir Olivia schon mitteilen, falls sie es nicht schon getan hat. Ich will dir noch etwas sagen. Deine Freunde haben uns wahrscheinlich entdeckt. Aber das kann uns nicht stören, denn bei einem Angriff werden sie erleben, wie grausam wir zurückschlagen können. Ich freue mich darauf, es ihnen zeigen zu können.«

Mehr sagte er nicht. Ich gab ihm auch keine Antwort und schaute auf Olivia.

Sie nickte. »Wenn Nadir Shive das sagt, Sinclair, dann stimmt es auch! Du wirst es erleben!«

Wir hatten noch immer den südlichen Kurs beibehalten. Wenn ich nach draußen schaute, glitt mein Blick in die östliche Richtung. Das andere Fenster lag etwas weiter von mir entfernt.

»Auch das Glas kann nicht durchschossen werden!« erklärte die Sardi.

»Wir haben für alles gesorgt.«

»Ihr kommt nie durch!«

»Warte, bis es die ersten Toten gegeben hat!«

»Willst du das wirklich?« fuhr ich sie an und duzte sie jetzt ebenfalls. Sie wandte sich von mir ab.

Verdammt, aus dieser Frau wurde ich einfach nicht schlau. Zudem nahmen andere Dinge meine Aufmerksamkeit in Anspruch.

Man konnte über Nadir Shive sagen, was man wollte, aber er hatte tatsächlich recht behalten. Aus östlicher Richtung flog etwas auf uns zu, um unseren Kurs zu kreuzen.

Ich sah die Lichter. Weiß und rot glühten sie

und tanzten manchmal auf und nieder.

Das waren die Hubschrauber, deren Besatzung uns stoppen wollte. Jetzt würde es sich zeigen.

Und schon reagierte die Arabian Force. An den Seiten klappten kleine Luken auf. Durch ihre viereckigen Öffnungen schoben sich die Läufe schwerer MG's. Damit bannten sie mich auf meinem Platz. In meinem Hals spürte ich ebenfalls den Sand der Wüste, so trocken war er geworden. Olivia Sardi hockte starr neben mir. Nur ihre Lippen bewegten sich. Ich verstand leider nicht, was sie sagte.

»Was ist denn?« zischelte ich ihr zu.

»Deine Leute sind verrückt. Sie sollen verschwinden!«

»Sag ihnen das mal.«

»Am liebsten würde ich es!«

»Was?«

»Ja, verdammt!« Sie sprach hektisch, zum Glück aber leise. »Ich gehöre nicht zu ihnen. Ich habe mich in diese verdammte Höllenmannschaft eingeschmuggelt. Ich bin ein weiblicher Maulwurf und beauftragt worden, den Fall aufzuklären. Die angebliche Erschießung gehörte zu unserem Plan.«

»Dann bist du eine Israelin!«

»Ich, richtig. Ich arbeite für unseren Geheimdienst Mossad. Tut mir leid, Sinclair, aber ich musste meine Tarnung behalten. Ich konnte dir nicht helfen.«

»Weiß Baxter es?«

»Natürlich nicht!«

»Verdammt. Okay, Partnerin. Kannst du mir denn sagen, wie wir hier herauskommen?«

Olivia schüttelte heftig den Kopf. »Auf keinen Fall. Wir fliegen, das ist der Fehler. Erst wenn wir gelandet sind, können wir es möglicherweise schaffen. Erst in Soho haben wir eine konkrete Chance.«

Ich hob die Schultern. »Zu spät, Partnerin. Schau mal nach draußen. Da sind sie!«

Es waren zwei, die sich unserem Hubschrauber genähert hatten. Und sie schössen.

Leuchtspur-Munition ist bei Dunkelheit besonders wirkungsvoll und gut zu sehen.

Ich zuckte unwillkürlich zusammen, als die Garben auf uns zurasten und auch trafen.

Jetzt hätten die Kugeln die Außenhaut eigentlich durchschlagen müssen, das wiederum geschah nicht. Ich erlebte am eigenen Leibe, wie kugel- oder waffenfest der Helikopter war. Die Geschosse prallten von verschiedenen Seiten gegen uns, ein Zeichen, dass auch aus westlicher Richtung gefeuert wurde, aber sie taten dem Hubschrauber nichts.

»Diese Idioten!« brüllte Shive in sein Mikro. »Sie haben es noch immer nicht begriffen.«

»Hört doch auf!« keuchte ich.

»Hört auf…«

Diejenigen, auf die es mir ankam, hörten mich leider nicht. Sie feuerten weiter.

Zwei Raketen jagten auf uns zu. Sie hatten sich unterhalb eines Hubschrauberrumpfes gelöst. In Sekundenschnelle waren sie da, schlugen auf, aber nicht ein.

Der Helikopter verdaute die Treffer. Er zitterte kurz, als hätte die Faust eines Riesen gegen ihn geschlagen, und Shives Geduld näherte sich dem Ende.

»Feuer!«

Die Sandzombies reagierten wie Automaten. Ihre Maschinenwaffen hämmerten los, was die Magazine hergaben. Ich hoffte, dass die Piloten in den beiden Hubschraubern ihre Maschinen noch schnell genug herumzogen.

Vergebens! Die verdammten Garben trafen die beiden Ziele und zerstörten sie.

Trotz des kleinen Fensters besaß ich einen guten Blick. Ich hätte mir gewünscht, dies auf der Kinoleinwand zu erleben, leider war diese Aktion Wirklichkeit.

Den ersten Hubschrauber trieb es ab. Schräg stieg er in die Höhe. Ich dachte schon, er würde es schaffen und entkommen, da passierte es. Die Maschine hatte Feuer gefangen. Wie lange Schlangenkörper huschten die Flammen über die Außenhaut. Im nächsten Augenblick hatten sie den Treibstofftank erreicht.

Dann stand der rot-gelbe Feuerball in der Luft. Er produzierte dichten, schwarzen Qualm, glühende Trümmerteile rasten daraus hervor. Von der Besatzung konnte keiner dieser Hölle entkommen.

Der zweite Hubschrauber trudelte ab. Er sackte viel zu schnell dem Boden entgegen. Trotz der relativ schlechten Sicht konnten wir erkennen, dass er eine Rauchfahne hinter sich herschleppte. Dann war er unseren Blicken entschwunden. Wir sahen auch keinen Feuerball am Boden aufleuchten, vielleicht entfernten wir uns auch zu schnell.

Olivia und ich starrten uns an. In unsere Blicke hinein schnitt wie das Band einer Säge das Lachen Nadir Shives. »Idioten sind es. Selbstmörder, aber sie haben es nicht anders gewollt. Jetzt werden wir gleich landen. Soho!« brüllte er. »Soho, wir kommen...«

»Was willst du tun?« fragte ich Olivia. Sie hob nur die Schultern.

Das war mir Antwort genug...

Nicht nur zwei Maschinen waren gestartet, auch eine dritte. In ihr jedoch saß keine normale Besatzung wie sonst üblich. Neben dem Piloten hatten Sir James Powell, Mark Baxter und Suko ihre Plätze gefunden. Sie flogen in einem normalen Hubschrauber, nicht in einem Kampfhubschrauber der Army, denn sie wollten nur beobachten.

Sir James hatte die Leitung des Unternehmens an sich gerissen. Auf seinen Befehl sollte gehört werden, aber die Army dachte da anders. Während der Superintendent nur beobachten wollte, hatten die Offiziere vor, den Feind zu zerstören, trotz der Warnungen.

Suko und Mark dachten ähnlich, und sie entdeckten den Horror- Helikopter zur gleichen Zeit. Er flog schräg unter ihnen und wirkte auf sie wie ein aufgeblasenes stählernes Monstrum.

»Da ist er ja!«

Der Pilot wandte sich an Sir James. »Ich habe Kontakt mit den anderen beiden. Sie werden angreifen.«

»Nein!«

»Sir, ich kann ihnen nichts befehlen .. .«

Der Superintendent saß neben dem Mann. Er riss ihm das Mikro aus der Hand und mischte sich in den Sprechfunk der beiden anderen Piloten ein. »Sie werden nichts tun, verstanden?«

»Wir haben unsere Befehle, Sir!«

»Die gebe ich!«

»Tut uns leid, Sir, aber...«

Sie schössen. Die Leuchtspur-Munition ließ sich hervorragend verfolgen. Die vier Männer im dritten Hubschrauber bekamen mit, wie das Zielobjekt erwischt wurde.

»Treffer!« meldeten sie mit cooler Stimme.

Noch ein Hubschrauber war erschienen. Er schoss von der anderen Seite und erwischte das Objekt ebenfalls.

Trotzdem flog es weiter.

»Ich habe es ja gesagt!« keuchte Mark. »Die erwischen ihn mit ihren verdammten Kugeln nicht.«

»Nein, sie machen die nur wütend«, sagte Suko.

Sir James drehte sich zu den beiden Männern auf den Notsitzen um.

»Und sie werden nicht aufgeben.«

»Raketen?« fragte Suko.

»Ja.«

»Können Sie nicht...?

»Nein, Suko, ich kann nicht. Sie sind borniert. Sie hören nicht auf mich, verdammt.«

Sir James hatte sich nicht geirrt. Es folgten die beiden verdammten Raketen.

Für die Zuschauer sah es aus wie ein Feuerwerk. Nur wurde es zu einem tödlichen, als die Besatzung des Helikopters zurückschlug. Die Raketen prallten tatsächlich ab und trudelten dem Erdboden entgegen. Wo sie explodierten, war nicht zu sehen. Aber auf freiem Gelände, denn die Gegend hier war nur schwach besiedelt.

Dann explodierte der erste Hubschrauber. Ein Feuerball erhellte die Nacht. Er stand sekundenlang in der Finsternis, als würde er festgehalten. Dann sackte er ab. Wie Steine fielen die zerfetzten Reste des Hubschraubers zu Boden.

Und auch die zweite Maschine trudelte weg, noch einen Rauchstreifen hinter sich herziehend.

Sir James handelte als erster. Wieder riß er das Mikro an sich und meldete sich bei dem militärischen Einsatzleiter. »Keinen weiteren Angriff mehr. Colonel. Sie haben ja gesehen, was Sie mit diesem Mist anrichten. Die Männer gehen auf Ihr Konto!«

»Verdammt, ich hatte nicht wissen können . . .«

»Sie sind von mir gewarnt worden, Colonel. Ich hatte meine Gründe. Ab jetzt übernehme ich die Gesamtleitung.«

»Einverstanden.«

»Wir werden nicht mehr angreifen. Es bleibt dabei, dass wir den Hubschrauber verfolgen.« »Wohin, Sir?« »London!«

Der Colonel schluckte und räusperte sich. »Ich hatte verhindern wollen, dass er nach London fliegt.«

»Das schaffen wir nicht. Wir müssen davon ausgehen, dass die Besatzung einen bestimmten Plan verfolgt.«

»Und welchen, bitte?«

»Ich bin kein Hellseher, Colonel. Ich hoffe nur, dass der Helikopter irgendwann zur Landung ansetzt.« »Ja, Sir!«

»Ich melde mich wieder. — Ende!«

Sir James hängte das Mikro ein, die Verbindung war unterbrochen. Er drehte sich zu seinen beiden Männern um. Suko nickte ihm zu. Er hatte den Superintendenten noch nie so erregt erlebt, wie in diesen letzten Minuten. Bei Sir James kam alles zusammen. Da waren nicht nur die beiden abgestürzten Hubschrauber. Auch die Tatsache, dass man ihn in der Regierung hatte auflaufen lassen, frustrierte ihn.

»Soll ich dranbleiben, Sir!« fragte der Pilot.

»Natürlich.« Sir James wischte sich den Schweiß von der Stirn und reinigte danach seine Brillengläser. Jetzt hieß es, sich auf die Verfolgung des Hubschraubers zu konzentrieren.

Außer Gefahr waren sie jedenfalls nicht. Auch wenn sie nicht angreifen wollten, konnte die andere Seite bemerken, dass sie verfolgt wurde.

Wie sie dann reagierte, hatte sie vor kurzer Zeit noch auf drastische Weise bewiesen.

Die nördlichen Ausläufer des Einzugsgebietes Groß-London hatten sie mittlerweile erreicht. Die kleine Stadt St. Albans lag hinter ihnen, jetzt flogen sie bereits auf Hempstead zu. Unter sich sahen sie den Motorway Nr. 1, er führte geradewegs in das Herz der Stadt hinein, wo er auch endete.

Sie sahen auf der Bahn die Fahrzeuge daher huschen. Eigentlich nur mehr die schnell fließenden Lichtteppiche der Scheinwerfer. Sie aber flogen noch schneller.

Der Pilot war ein hervorragender Flieger. Er hielt genau den gleichen Abstand. Hin und wieder empfing er Meldungen, die er an Sir James Powell weitergab.

Glücklicherweise hielten sich die Militärs an die getroffenen Absprachen. Sie kreisten den Hubschrauber mit ihren Maschinen großräumig ein und blieben außer Sichtweite, weil sie keinen Verdacht erregen wollten.

»John hat es nicht geschafft!« sagte Suko und ballte die Hand. »Zum ersten Mal eigentlich ist er hintendran.«

»Manchmal hat man Pech.«

»Oder Glück.«

Baxter nickte. »Stimmt auch wieder. Ich werde auf jeden Fall versuchen, mir diesen Nadir Shive zu schnappen, wenn es möglich ist. Bleibst du bei deiner Dämonenpeitsche?«

»Natürlich. Und du wirst dich unsichtbar machen?«

Baxter nickte. »Für eine letzte Überraschung bin ich noch immer zuständig.«

»Das glaube ich dir gern.«

Sie schauten zu beiden Seiten durch die gläsernen Kanzelscheiben. Das Lichtermeer der Millionenstadt London lag jetzt wie ein gewaltiger Teppich aus hellen Tunkten und dunklen Inseln unter ihnen. Ein berauschendes Bild, an dem sich die Männer nur nicht erfreuen konnten, wenn sie daran dachten, was noch vor ihnen lag.

Ihre Gesichter waren hart und kantig, und sie entdeckten zur gleichen Zeit, dass der Horror-Helikopter absackte.

»Er verliert an Höhe!« meldete der Pilot.

Sir James drehte sich wieder um.

»Können Sie sich denken, wo er landen wird?«

Baxter hob die Schultern. Suko aber gab seinem Chef eine Antwort. »Ich befürchte, das wird in Soho geschehen, Sir...«

»Auch das noch...«

Wir saßen da wie zwei unartige Kinder, die auf den Nikolaus warteten. So blass und fahl im Gesicht. Im Magen spürte Olivia sicherlich den gleichen Druck wie ich.

Worte waren überflüssig. Wir hatten erlebt, wie brutal die Sandzombies handelten. Die ließen wirklich keinen Gegner an sich herankommen und schössen sofort.

In meinem Hals lag noch immer das Kratzen. Meine Handflächen klebten aneinander, die Hände wirkten

so, als wollte ich zum Himmel flehen, dass alles klappte. Das tat ich auch. Olivia machte sich ebenfalls Vorwürfe. »Ich hätte eher eingreifen sollen«, sagte sie. »Aber, verdammt noch mal, ich wollte es eben perfekt machen, ist das zu verurteilen, John?«

»Nein, es war aus deiner Sicht sogar richtig. Ich hätte es auch so gemacht.«

»Dann können wir uns die Hand reichen.«

Das taten wir nicht. Stattdessen schaute ich aus dem Fenster und sagte leise: »Unter uns liegt London. Ein Wahnsinnsbild. Einfach phantastisch.«

»Ja, und in diese Szenerie wird der Horror-Helikopter das Grauen hineinbringen.«

»Denk lieber an etwas anderes.«

»Ja, daran, dass wir sinken.«

Olivia hatte sich nicht getäuscht. Wir verloren tatsächlich an Höhe. Ein Zeichen, dass Shive sein Ziel anflog. Soho!

Wenn ich daran dachte, geriet ich ins Schwitzen. Dieser Teufel brachte es in seinem wilden

Hass fertig und fackelte einen gesamten Stadtteil ab. Mir kam es bei unserem Sinkflug so vor, als würden uns die Häuser und die Lichter entgegen schweben.

Bloomsbury hatten wir schon erreicht. Unter uns glitten die Bauten der London University hinweg. Dann konnten wir auf das Dach des British Museum schauen; ein Stück südlich davon begann die Oxford Street, auf der noch reger Verkehr herrschte.

Wir sackten weiter. Ich war überzeugt, dass wir verfolgt wurden, aber ich konnte keine anderen Hubschrauber entdecken.

Wir überflogen die Oxford Street. Sekunden danach nur befanden wir uns im Herzen von Soho.

Schluss, nichts ging mehr — Stillstand!

Dafür stieg unsere Spannung, denn wir standen über den Häusern von Soho.

Noch einmal tönte die Stimme des Nadir Shive durch den Innenraum.

»Wir werden jetzt landen, Sinclair, dann wirst du erleben, zu welchen Taten die Arabian Force fähig ist. Allein die Landung wird ein Genuss werden. Gib genau acht.. .«

Ich schaute auf Olivia Sardi. Sie aber konnte nur die Schultern heben, mehr wusste sie auch nicht.

Wir glitten langsam tiefer.

Ich hätte gern aus dem Helikopter geschaut, aber dazu hätte ich mich in die Kanzel begeben müssen. Das war eben nicht möglich. So musste ich seitlich aus dem schmalen Fenster schauen und suchte nach einem markanten Punkt, um herausfinden zu können, wo wir landeten.

Nein, es ging zu schnell, aber ich bekam mit, dass wir über eine Kreuzung flogen. Natürlich herrschte noch Verkehr.

Die Fahrer der Wagen waren durch den Anblick des gewaltigen und jetzt noch weiter sinkenden Hubschraubers geschockt worden.

Im Nu war das Verkehrschaos perfekt, weil jeder auf die Bremse trat und zuschauen wollte, was geschah.

Wären sie doch lieber verschwunden!

Ich verfluchte den Zustand meiner Untätigkeit und auch den Schweiß, der in meinen Augenbrauen festklebte. Wir waren noch immer nicht gelandet, schwebten über einer Straße und brachten das Chaos!

Die Dunkelheit der Nacht wurde durch die außen angebrachten Leuchtreklamen der zahlreichen Lokale und Sexshops erhellt. Das wirre Zucken der Lichter verfremdete die Umgebung und glitt auch über den mächtigen dunklen Panzer des Hubschraubers, der wie ein Koloss über der Fahrbahn schwebte.

Ich wollte es nicht, aber ich musste den Piloten einfach bewundern, wie er es schaffte, durch die Straßenschlucht zu fliegen. Er durfte sich um keinen Yard nach rechts oder links wenden, dann wären die Rotorblätter gegen die Hausfassade geschlagen.

War das eine Chance? Ich stand plötzlich auf.

»Was ist denn?« fragte Olivia.

»Ich muss nach vorn.«

»Und dann?«

»Wirst du schon sehen!«

Sie wollte mich noch zurückhalten, das schaffte sie nicht mehr. Ihr Arm rutschte ab, als ich vorging und mich auch nicht um die Sandzombies kümmerte.

Würden sie eingreifen und schießen?

Nein, sie waren viel zu sehr damit beschäftigt, durch die Fenster nach draußen zu starren, ich kam tatsächlich gut durch und erreichte den Piloten, als der Horror-Helikopter nicht einmal die Hälfte der Straßenlänge durchflogen hatte.

Ein kurzer Blick reichte mir aus, um zu sehen, wie die Menschen vor diesem Ungetüm flüchteten.

Sie rannten schreiend weg, drückten sich in die Hauseingänge und lagen auch am Boden gepresst, um den wirbelnden Rotorblättern zu entgehen. So brauste nur der Wind über sie hinweg.

Autos standen kreuz und quer. Sie waren von ihren Fahrern verlassen worden. Die Szenerie wirkte wie ein Happening, in das plötzlich Bewegung geraten war.

»Fahrt die Greifer aus!« schrie Nadir Shive, »und holt sie euch! Holt sie euch rein!«

Im gleichen Augenblick war ich bei ihm, zog den Dolch und wollte zustechen. Er hatte sich gedreht, sah die Klinge oder deren Schatten und verlor die Kontrolle über den Steuerknüppel und das Ruder. Das rächte sich für uns beide.

Plötzlich hörten wir ein kreischendes Geräusch. Ich dachte daran, dass die Enden der Rotorblätter gegen Hauswände geschlagen waren, stach noch zu, aber daneben, weil mich eine ungeheure Wucht nach vorn riss und ich rechts neben dem Pilotensitz hinweg nach vorn kippte, wobei ich dann nur noch meinen Kopf schützen konnte, bevor ich aufprallte...

Nur einer verfolgte den Horror-Helikopter noch. Das war der Hubschrauber, in dem Sir James, Mark Baxter und Suko saßen. Auch sie huschten dicht über die Dächer der Millionenstadt hinweg. Sie hatten auch die Grenze zu Soho erreicht und überflogen die so markante und weltbekannte Oxford Street.

»Der will tatsächlich landen!« knirschte Suko und warf seinem Nebenmann einen etwas verwirrten Blick zu.

Mark Baxter reagierte nicht. Er rührte sich auch nicht und saß dort wie festgeleimt.

Sein Gesicht war starr, die Augen geschlossen, auf der Stirn glitzerten die kalten Schweißperlen. Manchmal zuckte unter der dünnen Haut eine Ader, und Suko wusste Bescheid.

Mark befand sich in der Phase seiner überaus unerklärlichen Begabung. Er würde zum Unsichtbaren werden.

Noch war es nicht soweit. Er musste mit dem kämpfen, was durch sein Gehirn toste. Schmerzen!

Widerliche, stechende Schmerzen. Wie damals, als er im Labor bis in die Nacht gearbeitet hatte.

Die Erinnerung daran überfiel ihn immer stärker. Er sah sich wieder dort stehen, sah den Laserstrahl und sein eigenes Gesicht, das in wilder Panik verzerrt gewesen war. Dann geschah das Unfassbare.

Nicht allein in der Erinnerung, auch jetzt, denn Mark Baxter war plötzlich nicht mehr zu sehen.

Suko starrte auf einen leeren Platz, obwohl

dieser nach wie vor besetzt war, wie der Inspektor am Abdruck auf dem Sitz erkennen konnte.

»Du hast es geschafft!« flüsterte er Mark zu.

»Ich weiß.«

Der Horror-Helikopter verlor noch mehr an Höhe. Fast berührten seine Landeräder die Fahrbahn, auf der ebenfalls nichts mehr lief.

»Runter!« schrie Sir James.

»Da, Sir, er landet!« brüllte Suko.

Im gleichen Augenblick setzten sie auf, sahen aber auch, dass der Horror-Helikopter die Richtung änderte und die Enden der Rotorblätter gegen Hauswände schlugen, wo sie Steine und Brocken herausrissen und Fensterscheiben zerstörten.

Dann krachte der Helikopter zu Boden!

Das bekam auch ich mit.

Ich hatte dabei Glück im Unglück gehabt, denn ich lag in einer engen Deckung.

Um mich herum war alles in Bewegung. Die schwere Maschine hatte durch den Drall nicht nur den Rest an Höhe verloren und war mit dem Fahrgestell zu Boden gekracht, sie hatte sich auch noch gedreht und war zur Seite gekippt.

Jetzt klemmte sie fest.

Ich wusste nicht, was außen geschah, aber die Rotorblätter liefen nicht mehr, und ich hörte auch kein Motorenbrummen.

Still war es trotzdem nicht!

Nadir Shive kreischte wie ein Wahnsinniger. Er fuhr die Sandzombies an, redete sich dabei in Rage, aber sie reagierten nicht. Auch sie waren durch den Absturz des Helikopters aus der Fassung gebracht worden. Sie wollten durch den Innenraum wie dunkle Pakete.

Ich kroch aus meiner Deckung hervor, wollte mir Nadir Shive holen — und hörte die Schüsse.

Es war das harte Peitschen einer mir bekannten Beretta. Ich blieb hocken, wo ich war, drehte mich nur herum, so dass ich in den Innenraum starren konnte.

Ziemlich weit hinten stand Olivia Sardi. Die Beretta hielt sie mit beiden Händen, und sie erinnerte mich in dieser Haltung an eine rächende Göttin.

Gezielt feuerte sie in den Hubschrauber hinein, wobei sie die Zombies aufs Korn nahm.

Und ihre Kugeln trafen.

Die geweihten Silbergeschosse hieben in die Sandwesen hinein, die ihnen nichts entgegenzusetzen hatten. Das Silber war so stark, dass es die Wesen regelrecht versprühte und ich bald nichts mehr sehen konnte, weil mir Wolken die Sicht nahmen.

Aber auch sie schössen noch.

Bevor sie vergingen, hämmerten ihre Waffen los. Einige von ihnen hatten die Schalldämpfer abgeschraubt. Das Innere des Hubschraubers verwandelte sich in eine Hölle.

Ich hockte auch weiterhin in meiner Deckung und war froh, nicht erwischt worden zu sein. Ein wahrer Kugelregen durchpeitschte den Horror-Helikopter, der allerdings Nadir Shive nichts ausmachte. Er hatte sich von seinem Pilotensitz erhoben und brauchte nur einen langen Schritt zu machen, um den Ausstieg zu erreichen.

Den stieß er auf. Ich hatte eigentlich damit gerechnet, dass er festgeklemmt war. Ein Irrtum.

Was er konnte, das schaffte ich auch.

Noch immer schössen die Zombies. Ich sah ihre Bewegungen innerhalb der Staubwolken. Ob sie mich suchten oder nicht, das war mir jetzt egal, ich wollte weg.

Einer taumelte auf mich zu.

Den Dolch hielt ich noch immer fest.

Bevor das Wesen seine rechte Hand mit der Waffe senken konnte, hatte ich die Klinge schon nach vorn gestoßen und ihn genau in der Körpermitte erwischt.

Wie die Gestalt im Wald, so zerplatzte der Sandzombie vor mir zu einer Staubwolke.

Mit der großangelegten Arabian Force war nicht mehr viel Staat zu machen.

Noch einer lief mir in den Weg. Wenn er etwas von mir sah, dann war es der halbkreisförmig angesetzte Stich, der ihn zwischen Schulter und Rücken erwischte.

Wieder löste sich einer auf.

Dann war ich am Ausstieg. Er stand noch offen. Ich zögerte für einen Moment und sah das Chaos auf der Straße.

Die Menschen waren völlig verwirrt. Vor mir hatten die Enden der Rotorblätter eine Hauswand zertrümmert und Scheiben eingeschlagen. Ob auch Menschen zu Schaden gekommen waren, konnte ich nicht sagen, aber einer der Passanten hing in einer stählernen Klammer und schrie fürchterlich um Hilfe.

Der Horror-Helikopter war nach links weggekippt.

Diesen Ausstieg hatte ich auch genommen, sprang jetzt auf die Straße und suchte den verdammten Shive. Ihn sah ich noch nicht.

Dafür erschien im zuckenden Widerschein der zahlreichen Leuchtreklamen eine andere Gestalt. Ein Mann, den ich gut kannte — Suko.

Er sprang soeben auf die Kühlerhaube eines von zwei ineinander verkeilten Wagen, dann über das Dach und hatte die Höhe erreicht, die er haben wollte.

»Suko!«

Er hörte meinen Schrei und drehte sich. Ich sah, wie sein Gesicht einen Ausdruck annahm, den man nur als supererstaunt bezeichnen konnte, und er wollte auch fragen, als ich ihm die Antwort schon gab.

»Keine Sorge, ich bin okay!«

»Gut!« Dann schlug er zu.

Die äußere Haut des Hubschraubers war für normale Waffen unzerstörbar, aber Suko besaß genau das richtige Gegenmittel. Wenn es eine mächtige dämonische Waffe gab, dann war es die Peitsche mit den drei Riemen aus Dämonenhaut.

Haut gegen Haut!

Sukos Peitsche war stärker. Er brauchte nur einen Schlag, um Löcher in die Umhüllung zu reißen, die sich vergrößerten und an den Rändern anfingen, zu glimmen und zu brennen.

Suko war damit nicht zufrieden. Erschlug weiterund traf auch verschiedene Stellen.

Ich wollte den Anführer der Arabian Force, diesen Nadir Shive, der auf den Scheitan vertraut hatte und nicht wahrhaben wollte, dass es der Weg in die Vernichtung war.

Er hatte Zeit gehabt, sich zu verdrücken. Suko

war er wohl auch nicht in den Weg gelaufen, und auf der

Straße boten sich genügend Möglichkeiten für ein Versteck.

Hinter dem schief liegenden Horror-Helikopter war ein zweiter gelandet. Wesentlich kleiner, auch nicht völlig schwarz oder mit Dämonenhaut bedeckt.

Über der Straße schwebten weitere Helikopter in einer gewissen Lauerhaltung. Ich aber bewegte mich auf den gelandeten zu, weil ich das Gefühl nicht los wurde, dass Shive die gleiche Idee gehabt hatte.

Ich sah ihn auch.

Seine Gestalt war nicht zu übersehen. Er hetzte vom Gehsteig quer über die Straße hinweg, um so schnell wie möglich den gelandeten Hubschrauber zu erreichen.

Plötzlich war alles anders.

Noch mitten in der Bewegung schlug er einen Salto, der schon fast lächerlich wirkte, denn er kam schief auf und rutschte über den Boden.

Kein Hindernis hatte ihm sichtbar im Weg gestanden. Ich aber wusste sofort, wer eingegriffen hatte...

Mark Baxter, der Unsichtbare, hatte hin und her überlegt, wie er sich verhalten sollte. Suko folgen, es auf eigene Faust versuchen, oder als Schutz bei Sir James Powell bleiben, der den Hubschrauber nicht verlassen hatte.

Baxter war noch zu keinem Ergebnis gelangt, als sich die Ereignisse bereits überstürzten. Aus dem Horror-Helikopter hörte er die Schüsse, sah Suko auf dieses gewaltige Insekt zu rennen und es mit der Peitsche traktieren.

Auch den Erfolg bekam er mit, aber er sah auch noch eine andere Person, die den Helikopter fluchtartig verlassen hatte.

Eine unheimliche Gestalt mit einem schwarzen Körper, über den ein Mantel gestreift war.

Das musste er sein, der Anführer dieser verfluchten Höllenbande.

Und er rannte quer über die Straße, genau in Baxters Richtung. Nur konnte er Mark nicht sehen.

Der griff zu einem alten, fast lächerlich wirkenden Trick, den heute noch die Schüler anwendeten.

Erstellte dem Flüchtenden ein Bein!

Mark hatte genau getroffen. Der Salto war fast zirkusreif, auch wenn er etwas verunglückte.

Jedenfalls krachte der Anführer zu Boden, rutschte noch weiter und schien überhaupt nicht zu wissen, was los war.

Mark wollte ihn packen.

Er bückte sich bereits, als er eine gellende, sich überschlagende Stimme hörte.

»Nein, Mark, nicht! Nicht anfassen!« Baxter zuckte zurück!

Der Rufer war ich gewesen.

Im letzten Augenblick war mir Olivias Warnung eingefallen, die gesagt hatte, daß man Nadir Shive um Himmels willen nicht umarmen sollte. So etwas Ähnliches hatte Baxter vorgehabt, dessen war ich mir sicher, auch wenn ich ihn nicht sah.

Zum Glück hatte er meine Warnung gehört und zuckte zurück. Ich war mit wenigen Schritten dort, wo ich ihn vermutete, und spürte eine Hand auf meiner Schulter liegen, obwohl ich sie nicht sah.

»John, was ist...?«

»Nicht berühren«, sprach ich dorthin, wo ich den guten Mark vermutete.

»Das kann tödlich sein.«

»Und du?«

»Warte!«

Wer uns jetzt gehört hätte, der hätte zumindest mich für verrückt erklärt, aber ich war mit vollem Ernst bei der Sache. Shive lag noch immer vor meinen Füßen. Erst jetzt wälzte er sich zur Seite und schnellte mit einem Sprung hoch.

Ich hatte noch den Dolch, und den zog ich einmal von links nach rechts. Schützte ihn die zweite dünne Haut vor der Magie meiner Klinge? Ich hatte seine Kehle erwischt, ein dünner Schnitt, aus dem plötzlich grauer Qualm kroch.

Das schwarze Gesicht verzerrte sich dabei. Es wurde zu einer weichen, gummiartigen Masse, wobei beide Hälften sich in verschiedene Richtungen bewegten, und die Augen schoben sich aus den Höhlen, als hätte jemand hinter ihnen mit Fingerkuppen nachgedrückt. Dann kippte er auf mich zu. Ich trat zur Seite.

Der Körper fiel an mir vorbei, knallte auf den Boden und bewegte sich nicht mehr.

Dafür verbrannte er langsam von innen. Die schwarze Masse zog sich zusammen, sie verkohlte, und Mark, der Unsichtbare, fragte: »War es noch ein Mensch?«

»Nein, nicht mehr.«

»Wir können also davon ausgehen, dass die Arabian Force nicht mehr existiert?«

»Genau so ist es!«

Bevor ich mich abwandte, winkte ich noch in Richtung Hubschrauber, denn neben dem Piloten hatte ich Sir James entdeckt, der eine Hand hob und sein Gesicht zu einem Lächeln verzog...

Ich musste noch einmal zurück in den Horror-Helikopter. Suko hatte es tatsächlich dank seiner Dämonenpeitsche geschafft, die schützende Haut zu zerstören.

Vor mir stand ein völlig normaler Hubschrauber, wenn auch ziemlich groß. Und der Mann, der von einem Greifarm gepackt worden war, den hatte Suko auch befreien können.

Im Innern hatte sich der Staub allmählich gesenkt. Von den Sandzombies waren nur mehr Körner zurückgeblieben, zwischen denen die Waffen lagen.

Ich stieg über sie hinweg, denn ich wollte mir meine Beretta zurückholen und mich noch bei einer Frau namens Olivia Sardi bedanken. Ich fand sie. Sie lag auf dem Rücken, die Beretta hielt sie noch fest, ihre Augen waren weit geöffnet.

Wie ein Messerstich fuhr es mir durch das Herz, als ich sah, daß sie an drei verschiedenen Stellen blutete. Sie war also dreimal getroffen worden.

»Hallo john, ich habe noch deine Waffe.«

»Hör auf zu reden, Mädchen«, flüsterte ich, als ich mich neben sie kniete.

»Ich hole einen Arzt und...«

»Nicht mehr nötig, John.«

Sie faßte nach meiner Hand.

»Eine letzte Frage noch: Was ist mit Shive?«

»Es gibt ihn nicht mehr.«

»Gut!« flüsterte sie.

»Das ist gut.« Dann brach ihr Blick, und vor mir lag eine Tote. Ich nahm die Beretta aus ihrer Hand, verteilte Schweiß und Staub auf meiner Stirn und fühlte mich irgendwie mies, trotz des Sieges, den wir errungen hatten. Aber so ist das eben. Mal ist man oben, dann wieder unten. Ein ewiges Wechselspiel der Gefühle.

Doch wem sage ich das...?

Anmerkungen des Autors:

Sie können mit mir sehr gerne in Kontakt treten, entweder per Post, E-Mail oder Telefon. Mich können Sie auch auf folgender Website: www.sandrohuebner.de besuchen und kontaktieren. Ihre Bestellungen können auch darüber erfolgen.

Bisher erschienen:

Autor: Sandro Hübner
Titel: SAD SONG
- Trauriges Lied -

Genre: Kriminalroman
Seitenanzahl: 66
ISBN: 978-3-7407-3007-9
Verlag: TWENTYSIX

Autor: Sandro Hübner
Titel: Juliette und Taddei eine Liebe forever

Genre: Liebesroman
Seitenanzahl: 68
ISBN: 978-3-7407-3030-7
Verlag: TWENTYSIX

Autor:	Sandro Hübner
Titel:	Rückkehr eines träumenden Delfins

Genre:	Roman
Seitenanzahl:	56
ISBN:	978-3-7407-3399-5
Verlag:	TWENTYSIX

Autor:	Sandro Hübner
Titel:	Fesselnde Psycho-Horror-Geschichten

Genre:	Horror
Seitenanzahl:	208
ISBN:	978-3-7407-4455-7
Verlag:	TWENTYSIX

Autor:	Sandro Hübner
Titel:	Spannende Thriller-Geschichten

Genre:	Thriller
Seitenanzahl:	152
ISBN:	978-3-7407-4636-0
Verlag:	TWENTYSIX

Autor:	Sandro Hübner
Titel:	Doppelt stirbt sich besser, mit einem grauenvollen Biss

Genre:	Psychohorror
Seitenanzahl:	512
ISBN:	978-3-7407-4697-1
Verlag:	TWENTYSIX

Autor:	Sandro Hübner
Titel:	TITANIC Ein Augenzeugenbericht von Helena F. Lang

Genre:	Roman
Seitenanzahl:	88
ISBN:	978-3-7407-5058-9
Verlag:	TWENTYSIX

Autor:	Sandro Hübner
Titel:	Unheimliche Gruselgeschichten - Teil I -

Genre:	Gruselroman
Seitenanzahl:	244
ISBN:	978-3-7407-5067-1
Verlag:	TWENTYSIX

Autor:	Sandro Hübner
Titel:	Unheimliche Gruselgeschichten
	- Teil II -

Genre:	Gruselroman
Seitenanzahl:	208
ISBN:	978-3-7407-5068-8
Verlag:	TWENTYSIX

Autor:	Sandro Hübner
Titel:	Der Fitnesstrainer

Genre:	Roman
Seitenanzahl:	132
ISBN:	978-3-7407-5075-6
Verlag:	TWENTYSIX

Autor:	Sandro Hübner
Titel:	Das Bett des Horroralptraums

Genre:	Horror
Seitenanzahl:	128
ISBN:	978-3-7407-5139-5
Verlag:	TWENTYSIX

Autor:	Sandro Hübner
Titel:	Der verhängnisvolle Fehler aller Zeiten - Das Haus der Seelen

Genre:	Horror
Seitenanzahl:	112
ISBN:	978-3-7407-5317-7
Verlag:	TWENTYSIX

Autor:	Sandro Hübner
Titel:	Spannende Abenteuerkurzge-schichten für Kinder

Genre:	Roman
Seitenanzahl:	104
ISBN:	978-3-7407-5415-0
Verlag:	TWENTYSIX

Autor:	Sandro Hübner
Titel:	Roy Raperpotz im Land der Träume

Genre:	Roman
Seitenanzahl:	96
ISBN:	978-3-7407-1711-7
Verlag:	TWENTYSIX